JN301680

佐藤さとる幼年童話自選集 1

遠い星から

佐藤さとる幼年童話自選集 1

遠い星から

もくじ

装丁／岡本順

あっちゃんのよんだ雨

雨《あめ》とあっちゃんと電信柱《でんしんばしら》

やっと夏《なつ》がきて、天気《てんき》のいい日《ひ》がつづきました。

はじめのうちは、みんな大《おお》よろこびでした。

「いい天気《てんき》で、うれしいな」

海《うみ》へいく人《ひと》も、山《やま》のぼりをする人《ひと》も、そういいながらでかけました。

あっちゃんのお母《かあ》さんも、毎朝空《まいあささら》を見《み》あげていいました。

「今日《きょう》も、いい天気《てんき》。せんたくものがよくかわいて、ありがたいわ」

あっちゃんのおばあちゃんも、にこにこしていいました。

「おかげで、今年《ことし》は、お米《こめ》がたくさんとれそうだねえ」

おばあちゃんは、前《まえ》に田舎《いなか》でくらしていたので、そんなことがよくわかるのでしょう。

でも、あまりいい天気《てんき》がつづいて、町《まち》はだんだんほこりっぽくなってきました。

風《かぜ》もめったにふかなくなって、じっとしていても、あせがながれました。

そうなると、あっちゃんのお母《かあ》さんは、毎日心配《まいにちしんぱい》そうに空《そら》をながめました。

「すこし雨《あめ》がふってくれないと、そろそろ水道《すいどう》の水《みず》がでなくなりそうだわ」

「そうだね。こんな日《ひ》でりがつづくと、田《た》んぼの水《みず》もたりなくなるよ。畑《はたけ》のやさいだって、かれるかもしれないし、雨《あめ》がふるといいね」

おばあちゃんも、心配《しんぱい》そうでした。

あっちゃんは、びっくりしました。

（そうか、雨《あめ》がふらないと、そんなにこまるのか）

そこで、どうしたら雨《あめ》がふってくるか、ひとりで考《かんが》えてみました。

★

雨《あめ》がふるためには、雲《くも》がたくさんでてこないと、いけません。それも、まっ白《しろ》いわたのようなきれいな雲《くも》はだめです。もくもくした入道雲《にゅうどうぐも》も、遠《とお》すぎてだめです。

空《そら》いちめんに広《ひろ》がって、お日《ひ》さまが見《み》えなくなるような、まっ黒《くろ》な雲《くも》なら、きっと雨《あめ》をふらしてくれるでしょう。

そんな雲《くも》を広《ひろ》げるには、どうしたらいいでしょうか。

（そうだ、風《かぜ》がふけば、いいんだ。つよい風《かぜ》なら、きっとまっ黒《くろ》な雲《くも》をつれてき

て、空《そら》に広《ひろ》げてくれる)

あっちゃんは、いそいで庭《にわ》へでてみました。庭《にわ》の木《こ》の葉《は》が、いくらかうごいていますが、すずしいほどの風《かぜ》ではありません。

(あっちの山《やま》のほうから、もっとぴゅうぴゅうふいてくると、いいんだけどなあ)

あっちゃんは、そう考《かんが》えました。けれども、そんなつよい風《かぜ》は、どうしたらふいてくるでしょう。

しばらく、首《くび》をひねっているうちに、ふと、あっちゃんは、思《おも》いだしました。

いつだったか、おばあちゃんが、こん

な話《はなし》をしてくれたことがあります。

「すずめがたくさんあつまって、大《おお》さわぎをするとね、大風《おおかぜ》がふいてくるっていう、いいつたえがあってね」

　おばあちゃんが育《そだ》った田舎《いなか》では、竹《たけ》やぶや大《おお》きなけやきの木《き》の上《うえ》などに、すずめが何百羽《なんびゃっぱ》もあつまって、ちゅんちゅんさわぎながら、とびまわることがあるそうです。そうすると、あとでたいていつよい風《かぜ》がふいてくるのだそうです。

（そうか、風《かぜ》をふかせるには、すずめをあつめて、大《おお》さわぎをしてもらえばいいんだ）

あっちゃんは、ひとりでうなずきました。だけど、すずめたちは、どうしたら大《おお》さわぎをしてくれるのでしょう。

あっちゃんの家《いえ》は、町《まち》の中《なか》にあります。近《ちか》くには、竹《たけ》やぶも大《おお》きなけやきの木《き》もありません。でも、すずめはいます。あっちゃんの家《いえ》の屋根《やね》や庭《にわ》にも、しょっちゅうとんできます。

でも、このへんのすずめは、たいてい電線《でんせん》にとまって休《やす》みます。ずらりとならんでいるところを、見《み》たこともあります。

（きっと、町《まち》のすずめは、電線《でんせん》がすきなんだね）

そこまで考《かんが》えたら、あっちゃんはとてもいいことを思《おも》いつきました。それで、庭《にわ》から小《ちい》さな木戸《きど》をとおって、道《みち》へでていきました。

木戸《きど》をでると、すぐ右《みぎ》のほうに、ほそい電信柱《でんしんばしら》があります。

あっちゃんは、その電信柱《でんしんばしら》にかけよると、トントンとたたきながら、いいました。

「おい、電信柱《でんしんばしら》くん。すずめにたのんでくれないか。みんなあつまって、思《おも》いっきり、ちゅんちゅんさわいでおくれって。そうすれば、きっと風《かぜ》がふいてきて、まっ黒《くろ》い雲《くも》が広《ひろ》がってきて、それから雨《あめ》がふるって」

ほそい電信柱《でんしんばしら》は、もちろん何《なに》もこたえてはくれませんでしたが、あっちゃんは、かまわずに道《みち》を見《み》わたしました。

むかいがわに、もっとずっと太《ふと》くて大《おお》きい電信柱《でんしんばしら》がありました。

あっちゃんは、その電信柱《でんしんばしら》へとことことかけよりました。

そして、タンタンタンと、柱《はしら》をたたいて、合図《あいず》をしながらいいました。

「すずめにいっておくれ。みんなで大《おお》さわぎをしてくれって。そうすれば、きっと風《かぜ》がふいてきて、まっ黒《くろ》い雲《くも》が広《ひろ》がってきて、それから雨《あめ》がふるからって」

電信柱《でんしんばしら》は、やっぱりだまっています。

あっちゃんが、道《みち》の先《さき》のほうをながめてみたら、そっちにも電信柱《でんしんばしら》がありました。

（よーし。あれにもたのんでおこう）

とことことこと、またかけていって、その電信柱《でんしんばしら》をタンタンタンとたたきながら、同《おな》じことをたのみました。

電信柱《でんしんばしら》は、その先《さき》にもありました。

あっちゃんは、つぎからつぎへとかけよっては、合図《あいず》をして、同《おな》じようにたのみました。

とうとう、家《いえ》の近《ちか》くをぐるっとひとまわりして、見《み》つけた電信柱《でんしんばしら》に、かたっぱしからたのんできました。

おかげで、あっちゃんはあせびっしょりになりました。おまけに、手《て》がほこりだらけになりました。

それでも、あっちゃんはにこにこと、元気《げんき》に帰《かえ》ってきたのです。

雨《あめ》と電信柱《でんしんばしら》とすずめ

しばらくすると、あっちゃんにたのまれた電信柱《でんしんばしら》たちは、ひそひそ話《ばなし》をはじめました。といっても、人《ひと》にはきこえません。

電信柱《でんしんばしら》たちは、みんな電線《でんせん》でつながっていたので、大《おお》きな声《こえ》をださなくても、はなしができるのです。

「おい、きいたか。めずらしいことがあるもんだねえ」

そういったのは、あっちゃんが一番《いちばん》はじめにたのんだ、ほそい電信柱《でんしんばしら》でした。

「わたしも、ずいぶんながいこと、ここに立《た》っているが、こんなたのみごとをされたのは、はじめてだな」

この電信柱《でんしんばしら》は、年《とし》よりだったので、ほかのもっと大《おお》きな電信柱《でんしんばしら》たちが、ていねいな言葉《ことば》でこたえました。

「そうですか。お前《まえ》さまがはじめてなら、わたしたちがびっくりしても、ふしぎはないですね」

「それでどうしますか。あのぼうやがいったこと、きいてあげますか」

「うーん」

年《とし》よりのほそい電信柱《でんしんばしら》は、ちょっと考《かんが》

えてからいいました。

「なんだかあの子《こ》は、おかしなことをいってたな。すずめをあつめて、大《おお》さわぎをさせてくれれば、風《かぜ》がふいてきて、まっ黒《くろ》な雲《くも》が広《ひろ》がって、それで雨《あめ》がふる、なんて」

「ええ、わたしにもそういっていましたが、ほんとにそうなるのですか」

だれかがたずねると、年《とし》よりの電信柱《でんしんばしら》は、考《かんが》え考《かんが》え、こたえました。

「むかしむかし、わたしがまだ山《やま》のおくに生《は》えていた木《き》だったころ、そんなことがあったような気《き》もする」

すると、電信柱《でんしんばしら》たちは、いっせいにがやがやとはなしはじめました。

「そういえば、わたしもきいたことがある」

「すずめがさわいでいるのを、見《み》たことはあるけれど、あとで風《かぜ》がふいてきたかどうか、おぼえていない。きみはどうかね」

「ぼくは、なにしろコンクリートでできているんでね。山《やま》に生《は》えていたわけではないんで……」

「しーっ、しずかに」

ほそい年《とし》よりの電信柱《でんしんばしら》がいうと、みんな、だまりました。

「とにかく、あのぼうやがわたしたちにたのんだことは、すずめにつたえてくれっていうことだけだった。そのあと、風《かぜ》がふくか、雲《くも》がでるか、まして、雨《あめ》がふるかどうかなんて、わたしたちが心配《しんぱい》してもはじまらん」

「そうです、そうです」

「だから、たのまれたことだけ、してあげればよろしい」

「そうです、そうです」

「よし、きまった」

年《とし》よりのほそい――ほそいうえに、背《せ》もひくい――電信柱《でんしんばしら》は、そこでいつけました。

「そっちの背高《せいたか》のっぽくん。近《ちか》くにすずめがきたら、きみからあのぼうやのたのみをつたえてやれ」

それをきいて、電信柱《でんしんばしら》たちは、みんなほっとしました。

一番《いちばん》のっぽで、一番《いちばん》たくさん電線《でんせん》をかかえこんでいる電信柱《でんしんばしら》は、すぐにすずめを見《み》つけて、声《こえ》をかけました。

「ちょっと、そこのすずめくん。ぼくの話《はなし》をきいてくれないか」

「はい、はい」

すずめは、いつも電線《でんせん》にとまって休《やす》ませてもらっていますから、さっととんできました。

「どんなことですか、電信柱《でんしんばしら》さん」

「じつは、たのみがひとつある。そのたのみというのは、つまり、この近《ちか》くにすんでいる、ちっちゃな男《おとこ》の子《こ》からたのまれたものなんだがね」

「はい、それで、どういうことでしょう」

すずめは、おもしろそうに首《くび》をかしげてききました。

「それが、ちょっぴりかわったたのみでね。つまりその、きみたちすずめに、できるだけ大《おお》ぜいあつまってもらって、思《おも》いっきりあばれまわってほしいんだそうだ」

「へえ！」

すずめは、目《め》をぱちぱちさせました。

「そんなことをしたら、ひどいさわぎになりますよ。わたくしたちが、本気《ほんき》であばれはじめたら、この町《まち》じゅうに鳴《な》りひびくでしょうから」

「ほんとかい」

「ほんとです。いったい、なんで……それにもしかすると、大風《おおかぜ》がふいてくるかもしれませんよ。わたくしたちがさわぐと、大風《おおかぜ》がふく、なんて、むかしの人《ひと》はいいましたからねえ」

「うん、うん、それだ」

まわりの電信柱《でんしんばしら》たちが、いっせいにうなずきました。といっても、ほんのすこししか、頭《あたま》をうごかさなかったので、気《き》がついた人《ひと》は、いなかったでしょう。

ただ、電線《でんせん》がぶるぶるっとふるえたのはわかりました。

のっぽの電信柱《でんしんばしら》は、うれしくなっていいました。

「それでいいんだ。きみたちがさわいで、風《かぜ》をおこしてくれたら、空《そら》に黒雲《くろくも》が広《ひろ》がってきて、そして雨《あめ》がふるんじゃないかって、そう考《かんが》えた男《おとこ》の子《こ》がいるんだよ。あの子《こ》は、たしかあっちゃんっていったっけ」

「ははあ」

すずめは、すっかり感心《かんしん》して、羽《はね》をばたばたさせました。

「それはまた、うまいことを考《かんが》えたものですね。ふーん。たしかにいい考《かんが》えだ。どうもこのごろは、天気《てんき》がつづきすぎて、わたくしたちも水《みず》あびをするのにくろうするんです」

そこで、ちょっとだまってから、またいいました。

「こんなことを考《かんが》えるなんて、そのあっちゃんっていう子《こ》、頭《あたま》がいいんですねえ」

「そうだとも」

のっぽの電信柱《でんしんばしら》が、とくいになってこたえると、まわりの電信柱《でんしんばしら》も、みんなそろっていいました。

「そうだとも！」

おどろいたすずめは、ぱっととびたちましたが、すぐにもどってきました。

「わかりました。さっそくなかまにはなして、今日《きょう》の夕方《ゆうがた》にでも、ためしてみましょう」

そして、ちゅんちゅんちゅんちゅんと、どこかへとんでいきました。

雨《あめ》とすずめとあっちゃん

夕方《ゆうがた》、あっちゃんがひとりでおふろに入《はい》っていると、なんだか外《そと》のほうで、

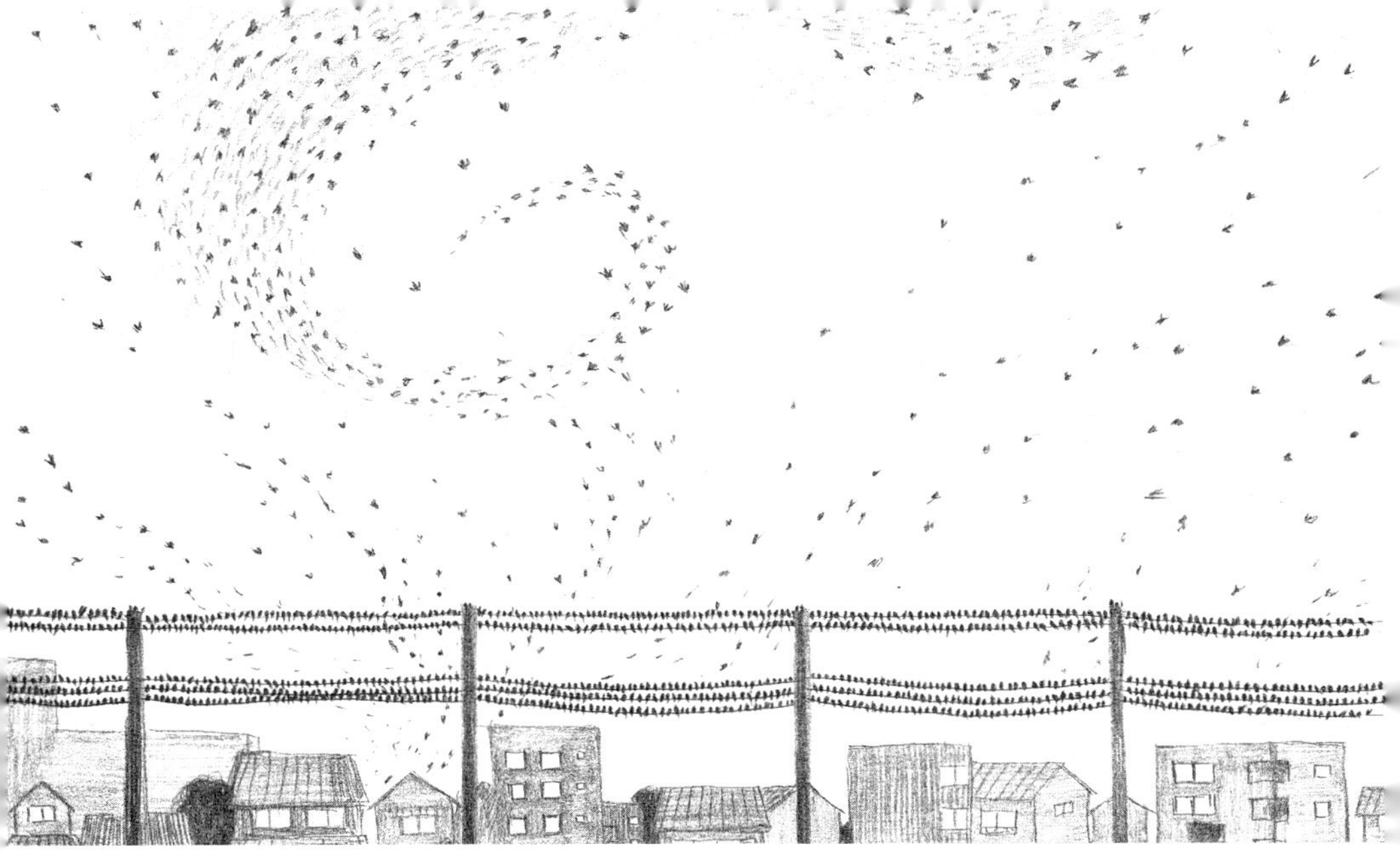

うるさい音《おと》がしてきました。

大《おお》いそぎでおふろからでて、はだかのままえんがわへいってみたら、まだ明《あか》るい夕《ゆう》やけの空《そら》に、びっくりするほどたくさんのすずめが、かたまってぐるぐるとんでいました。

とんでいるだけではありません。近《ちか》くの電線《でんせん》という電線《でんせん》、電信柱《でんしんばしら》のてっぺんにも、びっしりすずめが、とまっています。

すずめたちは、入《い》れかわり立《た》ちかわり、とびたっては、ちゅんちゅんちゅんちゅんちゅん鳴《な》きます。

あまりたくさんのすずめが、一度《いちど》に鳴《な》

くものですから、もう、じゅんじゅんじゅんじゅんじゅんとしかきこえません。

「うわあ、すごい」

あっちゃんが、はだかのまま、空《そら》をながめているのに、しかる人《ひと》がいません。そのはずでした。

お母《かあ》さんも、おばあちゃんも、道《みち》へでて、あきれたように上《うえ》を見《み》ていたのです。

お母《かあ》さんや、おばあちゃんだけではありません。

町《まち》の人《ひと》たちは、みんな外《そと》へでて、すずめの大《おお》さわぎをながめました。

しばらくすると、すずめたちは、さあっとちっていきました。

そして、山《やま》のほうから、しめった風《かぜ》がふきはじめました。

風《かぜ》は、だんだんつよくなりました。

きっと、その風《かぜ》がつれてきたのでしょう。まっ黒《くろ》な雲《くも》が、山《やま》のむこうから、ぐんぐん広《ひろ》がってきました。

町《まち》は、いっぺんに暗《くら》くなって、ぴかっと、いな光《びかり》が走《はし》りました。

そのときのあっちゃんは、もちろんもう、パジャマを着《き》ていましたが、それでも思《おも》わず、目《め》をつぶって、耳《みみ》をおさえました。

そのとき、ザーッとすてきな音《おと》がして、とうとう雨《あめ》がふってきたのでした。

この雨《あめ》は、あっちゃんがよんだあっちゃんの雨《あめ》でした。

タツオの島

1　春《はる》の話《はなし》

タツオの家《いえ》のせまい庭《にわ》に、池《いけ》がありました。もちろん、それほど大《おお》きな池《いけ》ではありません。もともと庭《にわ》がせまくて、大《おお》きな池《いけ》は作《つく》れません。

タツオのうちのお風呂《ふろ》より、すこし大《おお》きいくらいで、そらまめのようなかたちをしています。ふかさもたいしたことはありません。タツオのひざの下《した》ぐらいしかないのです。

ところが、見《み》えないところによこあながあって、そのよこあなの下《した》だけは、うんとふかくなっていました。

前《まえ》に水《みず》をとりかえたとき、タツオはそのことに気《き》がついて、お父《とう》さんにきいてみました。

「なぜ、こんなことしてあるの」

「これかね。これは、さむい冬《ふゆ》の間《あいだ》、魚《さかな》たちがじっとかくれているところだよ」

お父《とう》さんは、そう教《おし》えてくれました。

タツオは、この池《いけ》がすきでした。

庭《にわ》のつつじのかげにあって、赤《あか》い金魚《きんぎょ》や小《ちい》さいコイがちらちらおよいでいて、ときどき葉《は》っぱや花《はな》びらがういていたり、みずすましやあめんぼがすべっていたり、すずめが水《みず》をのみにやってきたりするのを見《み》ると、池《いけ》のそばからはなれられなくなるのです。ささ舟《ぶね》の作《つく》り方《かた》をな

らってうかべてみたのも、この池《いけ》でしたし、おもちゃのヨットをうかせたのも、この池《いけ》でした。

もうすこし大《おお》きくなって、モーターボートを走《はし》らせてみたのも、この池《いけ》です。お祭《まつ》りの夜店《よみせ》で、小《ちい》さいぜにがめを買《か》ってきたときも、この池《いけ》にはなしました。そのぜにがめは、すぐにどこかへいってしまいましたが。

★

春《はる》のことです。

タツオは、池《いけ》のよこに立《た》っていて、ふと思《おも》いました。

(池《いけ》のまん中《なか》に、島《しま》がひとつあるといいなあ)

つい十日《とおか》ほど前《まえ》の春休《はるやす》みに、タツオは、お父《とう》さんとお母《かあ》さんと三人《さんにん》で、山《やま》のみずうみへあそびにいきました。

その山《やま》のみずうみには島《しま》がありました。その島《しま》には、小《ちい》さな神社《じんじゃ》がありました。なんでもそのみずうみの主《ぬし》を祭《まつ》ってあるのだそうです。

主《ぬし》というのが、タツオにはどういうものだか、よくわかりませんでしたが、いつもは、大《おお》きな魚《さかな》のすがたをしていて、みずうみの中《なか》の生《い》きものをまもっているのだそうです。

（神社《じんじゃ》にお祭《まつ》りしてあるくらいだから、たぶん神《かみ》さまみたいなものなんだろうな）

タツオはそう考《かんが》えました。そのことを思《おも》いだしているうちに、島《しま》がほしくなったのです。

（ぼくのうちの池《いけ》にも、小《ちい》さな島《しま》をひとつ作《つく》って、そこにこの池《いけ》の主《ぬし》をお祭《まつ》りしよう。こんなちっぽけな池《いけ》にだって、きっと主《ぬし》がいるにちがいない……）

そこで、どうしたら島《しま》が作《つく》れるか、考《かんが》えてみました。

いきなり土《つち》を入《い》れたのではだめです。水《みず》にとけてぐずぐずになってしまうでしょう。

コンクリートで作《つく》ればいいでしょうが、タツオにはとてもむりです。

（土《つち》もだめ。コンクリートもだめ。大《おお》きな石《いし》があればそれでいいんだけど、そんな大《おお》きな石《いし》もないからだめ）

何《なに》かいいものはないかな、と、タツオはきょろきょろしながら、家《いえ》のまわりをぐるぐるまわりました。

大《おお》きな植木《うえき》ばちがありました。中《なか》には土《つち》がいっぱいつまっています。これは去年《きょねん》のクリスマスに、クリスマスツリーを植《う》えた植木《うえき》ばちです。

そのときのクリスマスツリーは、あとでお父《とう》さんが、庭《にわ》のへいのわきに植《う》えこんでしまいました。

だから、この大《おお》きな植木《うえき》ばちだけのこっていたのです。

「いいもの見《み》つけた。いいもの見《み》つけた」

タツオは、声《こえ》をだしながら、植木《うえき》ばちをもちあげようとしました。

ところが、もちあがりませんでした。なにしろ、タツオのうでではやっとかかえられるくらいの大《おお》きさで、その上《うえ》、土《つち》がぎっしりつまっているのですから、

とてももちあげるわけにはいきません。

しかたがないので、すこしずつすこしずつ、うごかしていきました。

池《いけ》まではこぶのに、家《いえ》をほとんど半分《はんぶん》もまわらなければなりませんでした。タツオはあせびっしょりになって、服《ふく》も手《て》もどろだらけになりました。

ようやく池《いけ》のふちまではこんできて、やっこらしょっと、池《いけ》の中《なか》に、その植木《うえき》ばちをおとしこみました。

バッシャーン！

たいへんな水《みず》しぶきがあがって、タツオは頭《あたま》から池《いけ》の水《みず》をあびました。おまけに、植木《うえき》ばちは、水《みず》の中《なか》でよこにころがってしまいました。

タツオは、大《おお》いそぎではだしになって池《いけ》に入《はい》ると、植木《うえき》ばちを引《ひ》きおこしました。

そうやってみると、植木《うえき》ばちと池《いけ》のふかさは、ちょうど同《おな》じくらいでした。これでは島《しま》に見《み》えません。

「ようし、土《つち》をはこんできて、上《うえ》にのせてやろう」

スコップとバケツをもってきて、庭《にわ》のすみから土《つち》をせっせとはこびました。

それで、だんだん島《しま》らしくなりました。

「土《つち》だけじゃさびしいかな」

ひとりごとをいいながら、しば草《くさ》をとってきて植《う》えました。ていねいに植《う》えて、池《いけ》の水《みず》をかけました。

「できたあ。島《しま》ができたあ」

タツオは、池《いけ》のふちに両手《りょうて》をついたまま、声《こえ》をあげました。どこから見《み》てもりっぱな島《しま》でした。

山《やま》のみずうみにあったような、きれいなかわいい島《しま》に見《み》えました。そこで、神社《じんじゃ》のかわりにきれいな石《いし》をさがしてきて、まん中《なか》にそっとおきました。

(ちっちゃな島《しま》だ。池《いけ》の主《ぬし》にかしてあげるよ)

タツオは、どろだらけのまま、いつまでもかわいい島《しま》をながめていました。

★

その日《ひ》の夜《よる》になると、空《そら》にはきれいな三日月《みかづき》がでました。池《いけ》の水《みず》の上《うえ》に、ぷかりと大《おお》きな水《みず》のあわがういてきたかと思《おも》うと、パチンとはじけました。

すると、そのあとに木《こ》の葉《は》が一枚《いちまい》ういていて、その上《うえ》に、ちょこんと小《ちい》さいおじいさんが立《た》っていました。

おじいさんはまっ白《しろ》な着《き》ものを着《き》て、まっ白《しろ》な長《なが》いひげをひざまでたらしていました。

つつつっと、木《こ》の葉《は》がうごいて、タツオの作《つく》った島《しま》へ近《ちか》づきました。小《ちい》さいおじいさんは、島《しま》へとびうつりました。音《おと》はしませんでしたが、三日《みか》月《づき》の光《ひかり》で、ひらりとバッタがとんだように見《み》えました。

おじいさんのくせにずいぶん身《み》がるです。島《しま》にあがったおじいさんは、ゆっくりと歩《ある》きまわりました。

まっすぐ歩《ある》いて首《くび》をひねり、立《た》ちどまってうなずくと、またゆっくり歩《ある》きました。

どうやら、歩《ある》きながら島《しま》の大《おお》きさをはかっているようなようすです。

そしてとうとう島《しま》のまん中《なか》に立《た》つと、三日月《みかづき》にむかって手《て》をたたきました。

このときも音《おと》はしませんでした。

タツオの作《つく》った小《ちい》さな島《しま》の上《うえ》に、小《ちい》さなふしぎな家《いえ》が、きらきらと光《ひか》りながらあらわれました。

そりかえった屋根《やね》も、もようをほりつけた柱《はしら》も、高《たか》いゆかにのぼるみじかいかいだんも、まるで月《つき》の光《ひかり》をあつめて作《つく》ったように、きらりきらりとかがやきました。

小《ちい》さいふしぎなおじいさんは、何度《なんど》もひとりでうなずいて、その光《ひか》るかいだんをのぼりました。

それから、光《ひか》るとびらをあけて、光《ひかり》の家《いえ》の中《なか》に入《はい》っていきました。

すると、おじいさんをのみこんだふしぎなかわいい家《いえ》は、ゆっくりゆっくり、とけるように消《き》えていったのでした。

★

タツオが作《つく》った池《いけ》の中《なか》の小《ちい》さな島《しま》は、お父《とう》さんもお母《かあ》さんもほめてくれました。といっても、お母《かあ》さんはその島《しま》を作《つく》るために、タツオが頭《あたま》のてっぺんから足《あし》のつま先《さき》までどろだらけになったことはわすれませんでした。

「あれだけよごしたんだもの、本物《ほんもの》の島《しま》ができたってふしぎじゃないわね」

そういって、頭《あたま》をぐりぐりとなでました。

「まあ、いいさ。タツオがひとりで作《つく》ったんだ。なかなかいい島《しま》じゃないか」

お父《とう》さんはそういいました。それから、池《いけ》をのぞいてみてつけくわえました。

「水《みず》がだいぶよごれたな。どうだい、タツオ、せっかくいい島《しま》もできたんだし、思《おも》いきって池《いけ》をそうじして、きれいな水《みず》にとりかえようか」

もちろんタツオは大《だい》さんせいでした。

つぎの日曜日《にちようび》、朝《あさ》から、お父《とう》さんとタツオは、池《いけ》をからっぽにしはじめました。

そのとき、池《いけ》の中《なか》から、びっくりするようなきれいな銀色《ぎんいろ》のコイがでてきました。

「おやあ」

お父《とう》さんもおどろきました。

「こんなコイ、この池《いけ》に入《い》れたっけかなあ」

「入《い》れないよねえ」

タツオもいいました。

お父《とう》さんは、首《くび》をかしげて、その銀色《ぎんいろ》のコイをそっとバケツにうつしながら、いいました。

「たぶんふつうのコイだったのが、何《なに》かのかげんで白《しろ》くなったんだろう。めずらしいことがあるもんだな」

タツオは、そのとき思《おも》いました。

(このコイは、きっとこの池《いけ》の主《ぬし》なんだ。ぼくが島《しま》を作《つく》ってあげたから、ぼくたちにすがたを見《み》せてくれたんだ。きっとそうだ)

でも、そのことはお父《とう》さんにはいいませんでした。

2　夏《なつ》の話《はなし》

夏《なつ》になるころ、タツオの作《つく》った小《ちい》さな島《しま》は、しば草《くさ》がすっかりしげって、ますます島《しま》らしく見《み》えるようになりました。

そのしば草《くさ》のまん中《なか》に、きれいな石《いし》がひとつだけ、ちょこんとおいてありました。

★

夏《なつ》のお昼《ひる》すぎです。タツオの家《いえ》に、友《とも》だちのヒロちゃんがあそびにきて、タツオにそうききました。

「あの石《いし》は、なんだい」

タツオは、とくいになってこたえました。

「あれはね、この池《いけ》の主《ぬし》を祭《まつ》ってあるのさ。神社《じんじゃ》のかわりなんだよ」

「ふうん」

ヒロちゃんは、ふしぎそうにタツオの顔《かお》を見《み》つめました。

「主《ぬし》って、なんだい。こんなちっぽけな池《いけ》に、主《ぬし》がいるのかい」

「いるんだ」

タツオは、まじめな声《こえ》でいいました。

「銀色《ぎんいろ》のコイなんだ。そんなコイ、この池《いけ》に入《い》れたこともないのに、ちゃんといるんだ」

「どこにさ」

ヒロちゃんは、水《みず》の中《なか》をのぞきこみました。銀色《ぎんいろ》のコイなんか、どこにも見《み》えませんでした。ひゴイが二《に》、三匹《さんびき》と金魚《きんぎょ》

が七《しち》、八匹《はっぴき》、ひらひらとおよいでいるだけでした。

タツオは、あははっとわらいました。

「さがしたって見《み》えないさ。この池《いけ》にはよこあながあってね、それがとてもふかいんだ。銀色《ぎんいろ》のコイは、きっとそのよこあなの中《なか》だろう」

「うそだ、そんなこと」

「うそじゃない。銀色《ぎんいろ》のコイは、ほんとにいるんだ。春《はる》にぼくとお父《とう》さんと、池《いけ》の水《みず》をとりかえたとき、ちゃんとつかまえたんだから」

「でもさ」

ヒロちゃんは、いたずらそうな目《め》をくるくるとうごかしました。

「その銀色《ぎんいろ》のコイが、池《いけ》の主《ぬし》だって、どうしてわかるんだい」

「うん、それは……」

タツオは口《くち》ごもりました。

そういわれてみると、主《ぬし》だかなんだかわかりません。タツオがひとりでそう思《おも》いこんでいるだけです。

そこで、タツオはヒロちゃんにいいました。

「とにかく、ぼくは、その銀色《ぎんいろ》のコイのことを、この池《いけ》の主《ぬし》ときめているのさ」

「へえー」

ヒロちゃんは、水《みず》の中《なか》とタツオの顔《かお》をかわるがわる見《み》くらべました。たいして感心《かんしん》したようでもありません。

「主《ぬし》って、ふしぎな力《ちから》をもっているんだろう」

にやにやしながら、そんなことをいいだしました。

「この池《いけ》の主《ぬし》も、ふしぎな力《ちから》があるかい。人間《にんげん》にばけたり、人《ひと》を水《みず》の中《なか》に引《ひ》きずりこんだりできるかい」

「さあ」

タツオはこまりました。できるともできないともいえません。

すると、ヒロちゃんはひざまずいて、いきなり手《て》を水《みず》の中《なか》につっこみました。

「やあい、池《いけ》の主《ぬし》やあい、水《みず》をひっかきまわすぞう。くやしかったら、でてこーい」

タツオはだまって見《み》ていました。なにしろヒロちゃんときたら、いたずらでやんちゃでむてっぽうです。やめろといってもきくわけがありません。

「ほうら、なんにもでてこやしないじゃないか」

ヒロちゃんのよこで、立《た》ったままながめているタツオを、ヒロちゃんは下《した》から見《み》あげました。

「今度《こんど》は、ぼうでかきまわしてみようか」

「よしなよ。魚《さかな》がおどろくから」

タツオはとめました。

へん、と、ヒロちゃんはいって、また水《みず》を手《て》でかきまわしました。

「魚《さかな》をおどかすと、お前《まえ》の池《いけ》の主《ぬし》がおこって、でてくるかもしれないぞ」

「ばちがあたるぞ」

「ばちって、なんだい」

「水《みず》に引《ひ》きずりこまれるぞ」

「そんなこと、あるもんかい」

ザブッと水《みず》がとびちりました。

「そうれ、もっと、ほら、もっと」

ヒロちゃんはおもしろがって水《みず》をはねとばしました。そして、ふいにべつのいたずらを思《おも》いついたようでした。

★

「水《みず》なんかかきまわしたって、主《ぬし》はおこらないかもしれないな。ようし、あの島《しま》の石《いし》をとってやる」

「だめっ」

タツオはあわてました。

「それはだめだ。ぼくがせっかく神社《じんじゃ》のかわりにおいたんだから」

「なんだい、あとでまたもどしておくよ。びくびくするな」

ちょうしにのったヒロちゃんは、タツオがとめるのもきかずに、小《ちい》さい島《しま》へ手《て》をのばしました。

とどきません。もうちょっとです。

「やめろよ」

タツオは、ヒロちゃんのうしろから、肩《かた》をつかんで引《ひ》きもどそうとしました。

ヒロちゃんは、そのタツオの手《て》をふりはらって、また手《て》をのばしました。ひざをついて、左手《ひだりて》で池《いけ》のふちをおさえて、手《て》も背中《せなか》もいっぱいにのばしました。

「もうちょっと……もうちょっと」

右手《みぎて》の人《ひと》さしゆびの先《さき》が、石《いし》にさわりました。

もし、そのときが、こんなに明《あか》るい夏《なつ》の日《ひ》ざかりでなくて、うす明《あか》りの夕《ゆう》ぐ

れどきか、青《あお》い月《つき》の光《ひかり》にてらされたま夜《よ》中《なか》だったとしたら、きっとタツオもヒロちゃんも、ふしぎなできごとに気《き》がついたことでしょう。

というのは、ちょうど、ヒロちゃんのゆびが島《しま》の石《いし》にさわったとき、長《なが》いひげをひざまでたらした、小《ちい》さな小《ちい》さなおじいさんが、ふいに石《いし》の上《うえ》へとびあがってきて、ヒロちゃんのゆび――人《ひと》さしゆびを両手《りょうて》でかかえると、体《からだ》をそらせて、ぐいっと引《ひ》っぱったのです。

でも、おじいさんのすがたは、ほとんどすきとおっていましたから、タツオにもヒロちゃんにも見《み》えませんでした。

なにしろ、夏《なつ》のお昼《ひる》すぎです。きらきらするような太陽《たいよう》の光《ひかり》が池《いけ》の水《みず》にうつっていて、あたりはいっそうまぶしかったのです。

★

手《て》も背中《せなか》もいっぱいにのばしていたヒロちゃんは、あっという間《ま》に池《いけ》の中《なか》へころげおちました。

大《おお》きな水音《みずおと》がして、ひどい水《みず》しぶきがあがりました。タツオは、思《おも》わずとびのきました。

池《いけ》のふかさは、ひざぐらいしかありません。それでも、ヒロちゃんは頭《あたま》からころがりこんだので、体《からだ》じゅうずぶぬれになりました。

「ひゃあ」

そんな声《こえ》をあげて、水《みず》の中《なか》に立《た》ちあがると、大《おお》いそぎで岸《きし》にもどりました。

「ひゃあ、びっくりしたあ」

見《み》ていたタツオもびっくりしました。でも、すぐにおかしくておかしくてたまらなくなりました。もうわらい声《ごえ》もでないほどでした。

がまんができなくて、とうとう庭《にわ》のしばふにひっくりかえってわらいました。ヒロちゃんは、おこったような目《め》で、そんなタツオをにらみつけました。ところが、自分《じぶん》でもきゅうにおかしくなってきたようです。

タツオといっしょに、うふうふとわらいだしました。一度《いちど》わらいだすと、もうとまりません。それで、タツオと同《おな》じよ

うに、ヒロちゃんも庭《にわ》にひっくりかえってわらったのですが……。

ヒロちゃんのひっくりかえったところは、しばふの上《うえ》ではありませんでした。池《いけ》のよこの土《つち》の上《うえ》にころがったのです。おまけにヒロちゃんは、頭《あたま》からずぶぬれだったのですからたまりません。かわいた土《つち》が体《からだ》じゅうにくっついて、まるできなこをまぶしたおだんごのようになってしまいました。

それがまたおかしくて、二人《ふたり》は夏《なつ》のすずしい風《かぜ》のふきぬける庭《にわ》で、思《おも》いっきりわらいました。

★

タツオの作《つく》った小《ちい》さな島《しま》の上《うえ》でも、ふしぎな小《ちい》さいおじいさんが、いっしょにわらっていました。あいにくと夏《なつ》のま昼《ひる》のことで、やっぱりだれにも見《み》えませんでしたが。

さんぽにいこうよ

「お母《かあ》さん、ぼく、さんぽにいってくるね」

あっちゃんは、大《おお》きな声《こえ》でいいました。

「はいはい。気《き》をつけていってらっしゃい」

お母《かあ》さんは、台所《だいどころ》から顔《かお》をだしてそうこたえました。

いつだったか、あっちゃんはお父《とう》さんといっしょにさんぽにいったことがありました。

町《まち》をぬけて、畑《はたけ》のあるほうまでいって、林《はやし》の中《なか》をのぞいたり、道路工事《どうろこうじ》をしているところをながめたり、よその家《いえ》のかきねにさいていた、バラの花《はな》のにおいをかいだりしてきました。

それがとても楽《たの》しかったので、あっちゃんは、ときどきひとりでさんぽにいくようになりました。

といっても、はじめは近所《きんじょ》をぐるっとひとまわりしてくるだけでした。

そのうちに、だんだんなれてきて、このごろでは前《まえ》にお父《とう》さんと二人《ふたり》でいったほうまで、でかけることもあります。

そっちなら、車《くるま》もめったにこないところですから、あぶないこともありません。それにあっちゃんは、もともと用心《ようじん》ぶかい子《こ》でした。

そして、さんぽから帰《かえ》ってくると、見《み》てきたことや、出会《であ》ったことや、歩《ある》きながら考《かんが》えたことを、お母《かあ》さんにはなしてきかせるのでした。

★

「いってまいりまーす」

あっちゃんは、元気《げんき》よく家《いえ》をでました。外《そと》はすこし風《かぜ》がありました。もうじき春《はる》になるのですが、風《かぜ》はまだつめたい冬《ふゆ》の風《かぜ》でした。

ちょっと立《た》ちどまって、あっちゃんは空《そら》を見《み》あげました。

いい天気《てんき》です。

そうやって空《そら》をながめながら、今日《きょう》はどっちのほうへいってみようかなあ、と思《おも》いました。すると、なんだかおもしろいことがまっているような気《き》がしてきました。

あっちゃんは、まず近《ちか》くの小《ちい》さな子《こ》ども公園《こうえん》の広場《ひろば》へいってみましたが、風《かぜ》がつめたかったためか、公園《こうえん》にはだれもいませんでした。

足《あし》もとのぼうきれをひろうと、あっちゃんは広場《ひろば》へ入《はい》っていきました。そして、地面《じめん》いっぱいに大《おお》きな大《おお》きなゾウの絵《え》をかいてみました。

あまり大《おお》きくかきすぎたので、うまくできたのかどうか、あっちゃんにもわかりません。それで、広場《ひろば》のすみっこの、すべり台《だい》の上《うえ》にのぼりました。

そこから見《み》おろしてみたら、ゾウはとてもよくかけていました。うれしくなったあっちゃんは、大声《おおごえ》でよびかけました。

「おーい、そこのゾウくーん。そんなところにねていないで、おきてこーい。ぼくといっしょにさんぽにいこうよ」

★

そうしたら、地面《じめん》にかいた大《おお》きなゾウが、なんだかふくらみはじめたように見《み》えました。

「あれあれ」

あっちゃんがびっくりして目《め》をこすっていると、ゾウはみるみるうちに地面《じめん》からふくれあがってきました。

でも、そのゾウの体《からだ》は、しゃぼん玉《だま》とそっくりなのです。うすくうすくすきとおっていて、ところどころにきれいなにじの色《いろ》がゆらゆらゆれているのです。

あっちゃんは、思《おも》わずうしろへさがりかけて、あぶなくすべり台《だい》の上《うえ》からおちそうになりました。

「やあ、あっちゃん」

すっかり地面《じめん》からぬけだしてきたゾウは、ふわふわと近《ちか》よってきていいました。

「ほら、ぼくおきてきたよ。さあ、いっしょにさんぽにいこう」

すべり台《だい》の上《うえ》で、あっちゃんはまだびっくりしていました。それで、ただこっくんとひとつうなずいただけです。

ゾウは、そんなあっちゃんをのぞきこむようにしていいました。

「ね、はやくいこう。ぼくの背中《せなか》にのっていってもいいよ」

あっちゃんは、もう一度《いちど》よくゾウをながめました。どう見《み》てもしゃぼん玉《だま》みたいです。しゃぼん玉《だま》でできたゾウに見《み》えます。もし、このゾウにあっちゃんがのったら、ぱちんとはじけてしまいそうでした。

それであっちゃんは、大《おお》いそぎで首《くび》をよこにふりました。

「いや、ぼく歩《ある》いていく。だって、さんぽだもの。さんぽって、自分《じぶん》の足《あし》で歩《ある》かなくちゃいけないんだ。そうでないとさんぽにならないんだ」

「ああ、それもそうだな」

すきとおった大《おお》きなゾウは、長《なが》いはなで、耳《みみ》のうしろをごしごしとかきました。でも、音《おと》は何《なに》もきこえませんでした。

★

ゆっくりとあっちゃんは、すべり台《だい》からおりました。そして、ゾウを見《み》あげながらいいました。

「だけどきみ、そんな大《おお》きな体《からだ》で、ぼくにずっとついてこられるかい」

「ああ、ついていくとも」

「せまい道《みち》もとおるよ」

「ああ、平気《へいき》だ」

「やぶの中《なか》だって、とおるかもしれないよ」

「かまわないさ。ジャングルだってかまわない」

「人《ひと》に会《あ》ったらどうするの」

「ほかの人《ひと》には、ぼくが見《み》えないのさ。だから平気《へいき》」

「自動車《じどうしゃ》なんかに出会《であ》っても、おどろかないかな」

「おどろかない」

「よーし」

あっちゃんはそれだけきいて、右《みぎ》の手《て》を高《たか》くあげました。

「では、しゅっぱつ」

さっと手《て》をおろすと、先《さき》に立《た》って子《こ》ども公園《こうえん》の広場《ひろば》をでていきました。

そこから、きりどおしの坂道《さかみち》をのぼりました。ここをあがると、畑《はたけ》のある町《まち》はずれにでるのです。

あっちゃんが、坂《さか》をのぼりながらふりかえってみたら、大《おお》きなゾウは、道《みち》いっぱいになってついてきていました。

右《みぎ》も左《ひだり》も石《いし》がきですから、大《おお》きなゾウの体《からだ》は、石《いし》がきにはさまれて、きゅうくつそうです。それでも、ゾウは体《からだ》をがけにこすりつけて、すいすいとのぼってき

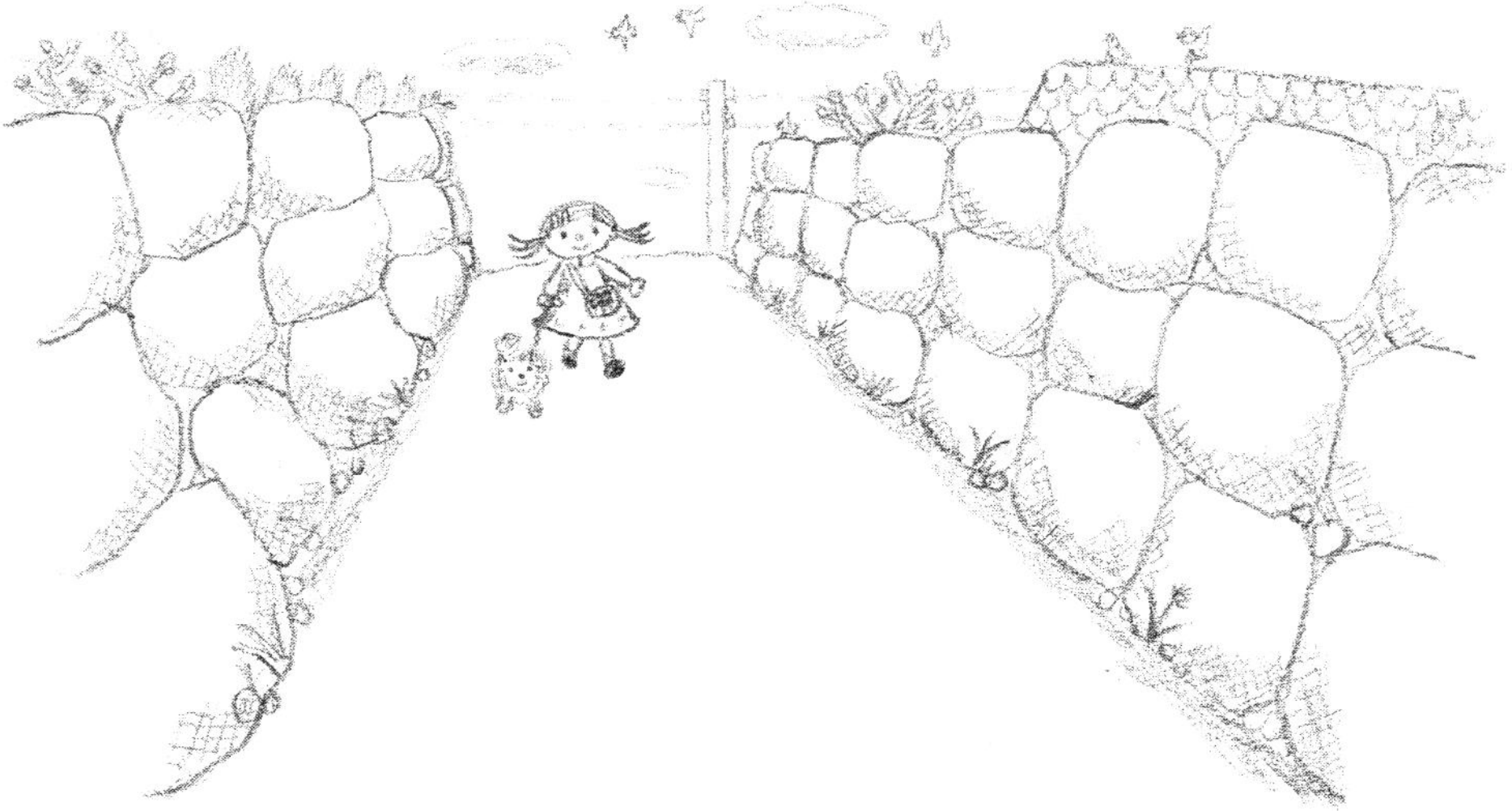

ます。

あっちゃんは、あきれて目《め》を丸《まる》くしましたが、何《なに》もいわずにだまったままのぼりつづけました。

★

そのとき、上《うえ》のほうから、子《こ》いぬをつれた女《おんな》の子《こ》が、とことこと坂《さか》をおりてくるのが見《み》えました。

あっちゃんはあわてました。

「おいおい、ゾウくん、たいへんだよ。上《うえ》から人《ひと》がくる。きみはそんなふうに道《みち》をふさいでいるし、どうしよう」

「なーに、だいじょうぶ。ぼくはちゃん

とよけるから」

ゾウは、のんきな声《こえ》でこたえました。

「そんなことといったって……」

よけられるわけがない、と思《おも》ったあっちゃんが、おろおろしているうちに、もう女《おんな》の子《こ》と子《こ》いぬは、すぐ近《ちか》くまでやってきてしまいました。

でも、女《おんな》の子《こ》には、すきとおったゾウなんて見《み》えないらしく、つんとすまして、あっちゃんの前《まえ》をとおりすぎました。

ところが、いぬのほうは、いきなり道《みち》に足《あし》を、ふんばると、ううううっとうなったまま、うごかなくなってしまったのです。たぶんいぬには、ゾウのいるのがわかったのでしょう。

「何《なに》してるの。さ、はやくおいで」

女《おんな》の子《こ》は、ぐいっとくさりを引《ひ》っぱりました。知《し》らない男《おとこ》の子《こ》の前《まえ》だったので、すこしはずかしかったのかもしれません。

それでも、いぬが歩《ある》かなかったので、女《おんな》の子《こ》は、さっとだきあげてかけだしたのです。あっと、あっちゃんは目《め》をつぶりました。

だって、この女《おんな》の子《こ》が、ぼーんとはねかえされるか、それでなければ、ゾウのほうがぱちんとわれてしまうか、どちらかだろうと考《かんが》えたからです。するとゾウは、はなをぐっとのばして、道《みち》のわきにつけると、なんとそのはなだけで、ふわりとさか立《だ》ちしました。

おかげで、女《おんな》の子《こ》は大《おお》きなゾウにかすりもしないで、とおりすぎていきま

した。

「ほーら、だいじょうぶ。うまくよけただろう」

ゾウは、じまんそうにいって、ひょいともとどおり足《あし》をおろしました。

★

そのあと、坂道《さかみち》をのぼりきるまで、だれにも会《あ》いませんでした。そして、広《ひろ》い道《みち》にでましたが、ここはときどき自動車《じどうしゃ》がとおります。

いくらなんでも、自動車《じどうしゃ》にぶつかったら、このゾウもわれて消《き》えてしまうかもしれません。そこであっちゃんは、丘《おか》の畑《はたけ》のほうをゆびさしました。

「あっちへいこうか」

「いいとも。いこう」

ゾウは、足《あし》ぶみをしながら、楽《たの》しそうにこたえました。でも、あっちゃんは、まだすこし心配《しんぱい》でした。

「だけど、ここからはひどい道《みち》だよ。きみ、ほんとについてこられるかい」

「どんな道《みち》だって、ついていくさ」

ゾウは大《おお》いばりです。

「それならいいけど」

あっちゃんは、わき道《みち》へ入《はい》っていって、つきあたりのかきねのすき間《ま》から、むこうのあき地《ち》へもぐりこみました。これは、あっちゃんがみつけた近道《ちかみち》なのです。

ゾウは、かきねのすき間《ま》をとおれるでしょうか。かきねがこわれたり、ゾウの体《からだ》がやぶけたりしないでしょうか。あっちゃんがふりかえって見《み》ていると、ゾウはまずはなだけかきねのすき間《ま》に入《い》れてきました。

それから、頭《あたま》がかきねからぷくんとふくれてでてきました。

あとは、するすると大《おお》きな体《からだ》が、すこしずつかきねのこちらがわへはみだしてきて、おしまいにすぽんと小《ちい》さな音《おと》がしたと思《おも》ったら、すっかりあき地《ち》へ入《はい》ってきました。

あっちゃんは、かきねにかけよってみました。すき間《ま》は前《まえ》と同《おな》じです。むりやりおし広《ひろ》げたあとはありません。

「すごいなあ。こんな大《おお》きなゾウのくせに、こんな小《ちい》さなすき間《ま》をくぐりぬけるなんて」

すっかり感心《かんしん》してそういうと、ゾウはけろりとした顔《かお》でいいました。

「なあに、こんなのはわけない。ぼくはネズミのあなだってくぐりぬけてみせるよ」

「ふーん」

ゾウがネズミのあけたあなをぐるぐるところを考《かんが》えたら、あっちゃんはおかしくなりました。

それで、元気《げんき》よくあき地《ち》をつっきって、丘《おか》をのぼるほそ道《みち》に入《はい》りました。

★

丘《おか》の上《うえ》には、畑《はたけ》があります。畑《はたけ》のまわりは山《やま》ざくらの林《はやし》でかこまれています。今《いま》はまだ、葉《は》っぱがついていません。

いつかお父《とう》さんときたときも、ちがう道《みち》からここへのぼってきて、一休《ひとやす》みしました。だから、あっちゃんもここへくると、一休《ひとやす》みするのです。

「さあ、休《やす》もう」

あとからついてきたゾウにそういって、あっちゃんはかれ草《くさ》の上《うえ》にこしをおろしました。ゾウもあっちゃんのまねをして、ふわりととなりへこしかけました。

つめたい風《かぜ》も、ここはあまりあたりません。せっせと歩《ある》いてきたので、体《からだ》はぽかぽかしていました。

「ああ、いい気分《きぶん》だなあ」

あっちゃんが両手《りょうて》をあげて、そういったら、となりのゾウも、はなを高《たか》くあげていいました。

「ほんとに、いい気分《きぶん》だな」

林《はやし》のむこうに、小《ちい》さな家《いえ》の屋根《やね》がたくさん見《み》えています。自動車《じどうしゃ》やオートバイが走《はし》っているのも見《み》えます。

むかいの遠《とお》い丘《おか》の上《うえ》には、まっ白《しろ》なコンクリートのアパートがいくつもいくつもたっています。町《まち》にはずいぶんたくさんの人《ひと》がすんでいるようです。

けれども、町《まち》はずれのこんなところで、あっちゃんとすきとおった大《おお》きなゾウが、ならんでこしをおろしているなんて、だれが知《し》っているでしょうか。もちろんひとりも知《し》らないにちがいありません。

そう思《おも》ったら、あっちゃんはとてもふしぎな気《き》もちがしました。

★

やがて、さあっと林《はやし》の中《なか》を、風《かぜ》がふきぬけていきました。

あっちゃんは、はっとしました。きゅうにさむくなってきたので、あわてて立《た》ちあがりました。

「ぼく、もう帰《かえ》らなくちゃ」

すると、ゾウも立《た》ちあがりました。それからあっちゃんにむかって、大《おお》きな頭《あたま》をさげました。

「あっちゃん、こんないいところまでさんぽにつれてきてくれて、本当《ほんとう》にありがとう。ぼくはここでさよならするよ」

「えっ」

あっちゃんは、ゾウを見《み》あげました。

「さよならするって、どうするの。子《こ》ども公園《こうえん》には帰《かえ》らないのかい」

「うん」

ゾウは、やさしい目《め》つきでわらいながらうなずきました。

「公園《こうえん》には帰《かえ》らない。ぼくはあっちへ帰《かえ》るんだ」

そういいながら、長《なが》いはなをまっすぐ空《そら》へむけました。

「天《てん》に帰《かえ》るのかい」

あっちゃんがきくと、またゾウは、うん、とうなずいて、ふわりと空《そら》にうきあがりました。

なんだかがっかりしたような、ほっとしたような、へんな気《き》もちになって、あっちゃんはだまってゾウを見《み》おくりました。そのままゾウはぐんぐん高《たか》くのぼっていって、ふっと見《み》えなくなりました。

あっちゃんは、両手《りょうて》を口《くち》の前《まえ》でラッパのように丸《まる》めて、大声《おおごえ》をあげました。

「さよう、ならあ」

でも、ほんとにゾウが消《き》えてしまったのか、それとも、すきとおっているのでただ見《み》えなくなっただけなのか、あっちゃんにはよくわかりませんでした。

★

しばらくして、あっちゃんが子《こ》ども公《こう》園《えん》までもどってみると、五《ご》、六人《ろくにん》の子《こ》どもたちがあつまっていて、ボールあそびをしていました。みんなあっちゃんより年上《としうえ》の子《こ》ばかりです。

あっちゃんは、いそいでかけこんでいきました。

「よう、あっちゃん」

だれかが、あっちゃんに声《こえ》をかけました。

「そこにいると、あぶないよ。ボールがあたるかもしれないよ」

「うん」

あっちゃんは、広場《ひろば》をまわって、すべり台《だい》にかけよりました。それから、ゆっくりとのぼって、広場《ひろば》を見《み》おろしてみました。

さっき、あっちゃんが地面《じめん》にかいた大《おお》きなゾウは、みんなが、ふみつけたものだから、もうすっかり消《き》えてしまっていました。

（そうか、だからあのゾウは、ここへ帰《かえ》ってこないで、天《てん》に帰《かえ》っていったのか）

あっちゃんはそう思《おも》いました。そして、ちょっぴりかなしくなりました。それでも、すぐにあっちゃんは、おなかがすいているのに気《き》がつきました。おまけにのどもかわいています。

（はやくうちに帰《かえ》って、おやつをもらおう。ジュースももらっちゃおう。なにしろ今日《きょう》は、遠《とお》くまでさんぽにいってきたものな）

★

でかけたときと同《おな》じように、元気《げんき》でさんぽからもどってきたあっちゃんは、おやつのビスケットとジュースをかわるがわる口《くち》へ入《い》れながら、すきとおったゾウの話《はなし》をお母《かあ》さんにしてあげました。

くるみたろう

タツヤが生《う》まれた年《とし》、お父《とう》さんはくるみのなえ木《ぎ》を庭《にわ》に植《う》えた。

まだ、親《おや》ゆびほどの太《ふと》さしかない、ひょろひょろのほそい木《き》だった。

お父《とう》さんの友《とも》だちが、たねから育《そだ》てたのをわけてくれたのだそうだ。

もともとくるみは、さむい国《くに》の木《き》だ。だから、めったに雪《ゆき》もふらないような、こんな町《まち》に植《う》えても、うまく育《そだ》つかどうか、わからなかった。

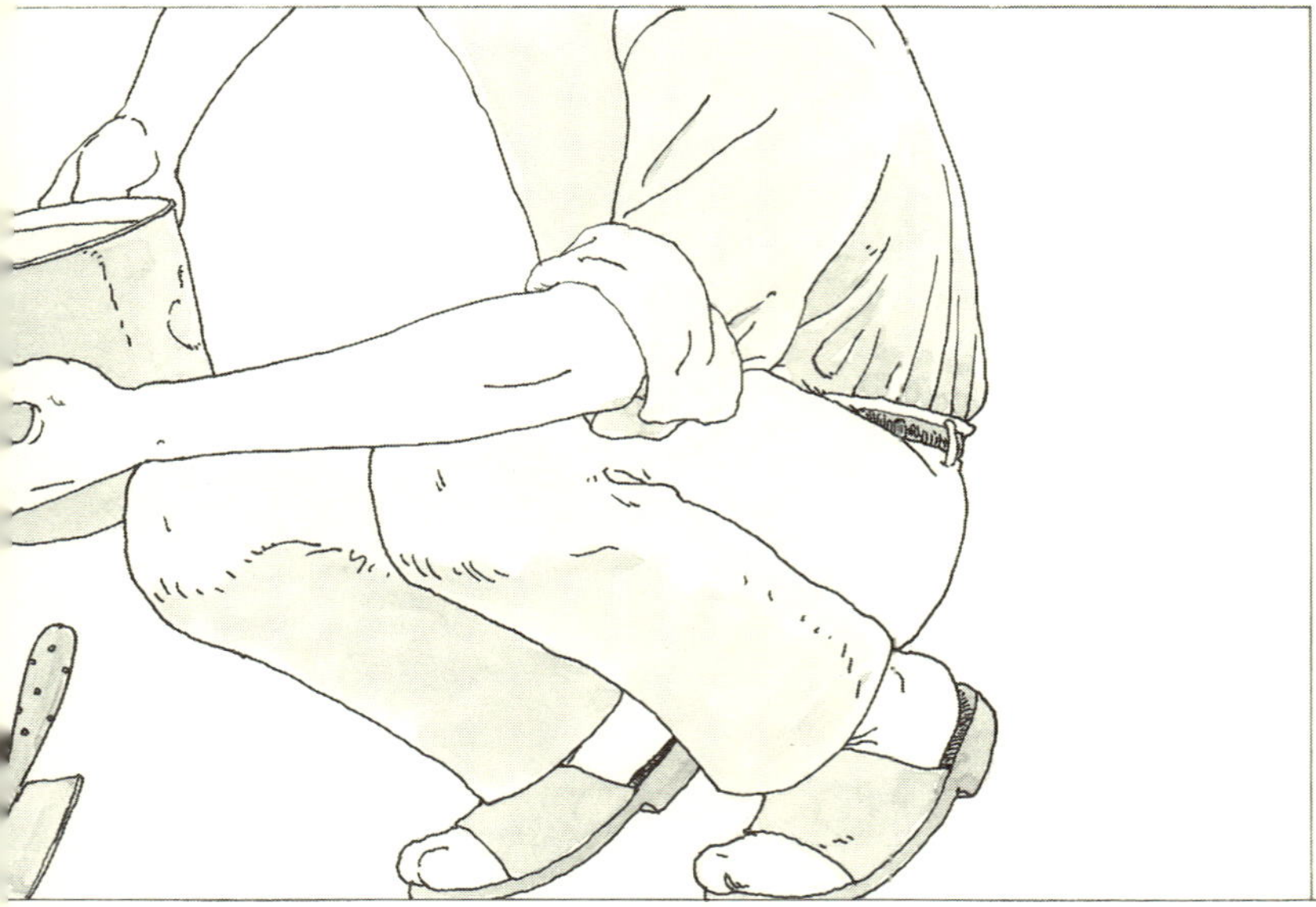

なんでもよく知《し》っている、タツヤのおばあちゃんもいった。

「このあたりじゃむずかしいね、きっと。くるみは虫《むし》によわいから」

でも、まさきのかきねにかこまれた、せまい庭《にわ》で、くるみはすくすくとのびた。

一年《いちねん》たったら、お父《とう》さんの背《せ》たけより高《たか》くなった。

二年《にねん》たったら、屋根《やね》ののき先《さき》にとどいた。先《さき》が、三本《さんぼん》の枝《えだ》にわかれた。

三年《さんねん》たったら、みきもぐんと太《ふと》くなった。枝《えだ》から枝《えだ》がわかれて、かさのように広《ひろ》がった。

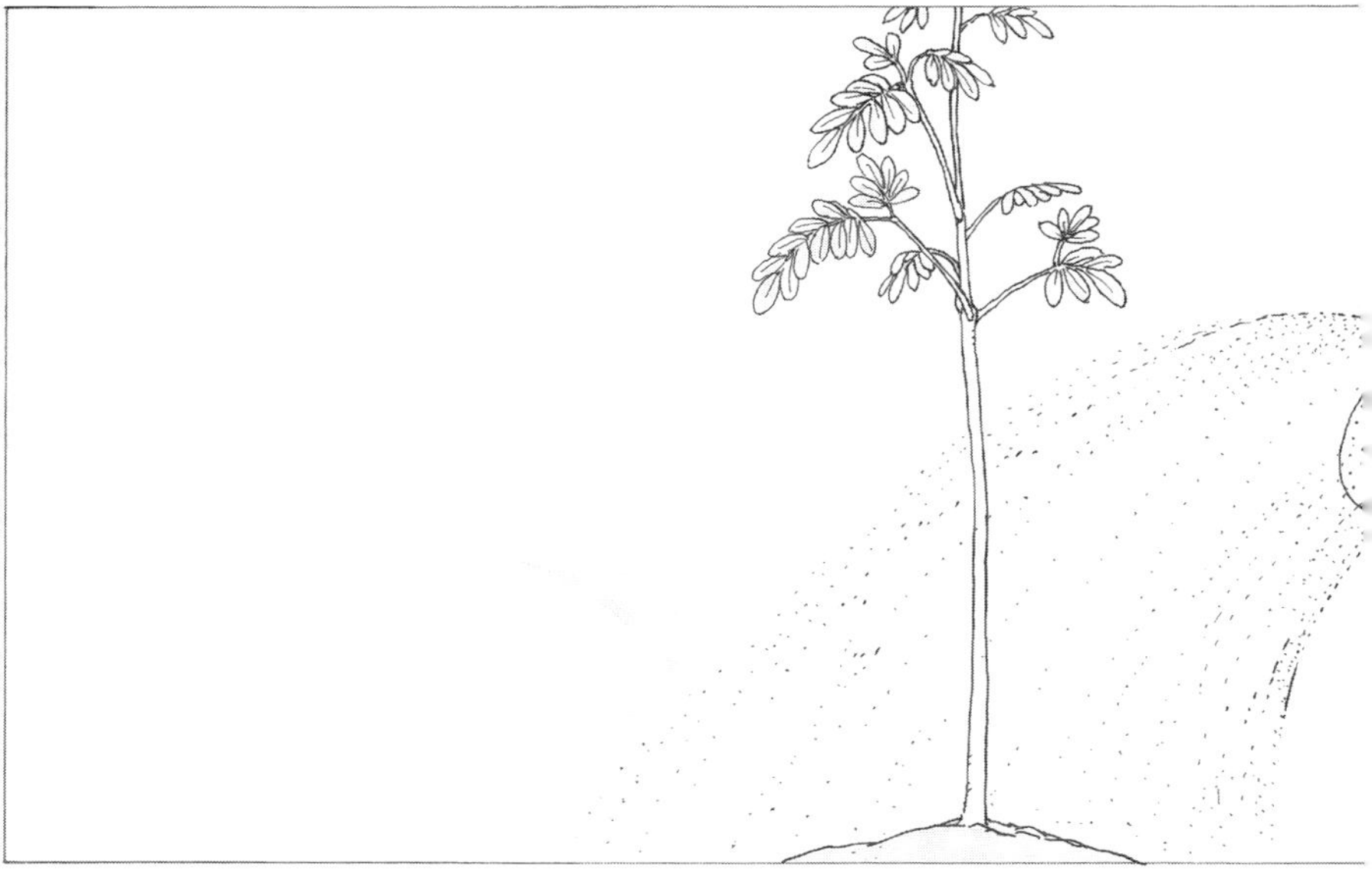

だから、夏《なつ》には、すずしい木《こ》かげができた。

タツヤは、その木《こ》かげで、はだかのまま、水《みず》あそびをした。

四年目《よねんめ》には、もうタツヤが、両手《りょうて》でやっとにぎるほどの太《ふと》さになった。

ようち園《えん》に入《はい》ったタツヤは、新《あたら》しい芽《め》が、いっぱいふきでているくるみの下《した》で、お母《かあ》さんに写真《しゃしん》をとってもらった。

それからしばらくすると、タツヤは、くるみのみきに、虫《むし》くいのあなを見《み》つけた。

根《ね》もとのほうに二《ふた》つ、上《うえ》のほうに三《みっ》つ、枝《えだ》わかれをしたところにもひとつ。ぜんぶで、六《むっ》つもあながあいていて、木《き》くずのようなものがつまっていた。

タツヤは、いそいで、おばあちゃんに知《し》らせた。おばあちゃんは、どれどれといいながら、見《み》にきた。

「とうとう虫《むし》がついたね。くるみはやわらかいから、みきのしんまでくいこんで、くすりでは、なかなかとれないんだよ。長《なが》い針金《はりがね》をつっこんで、つついて、たいじするのがいいんだけれど……」

おばあちゃんは、そういった。

おばあちゃんに教《おそ》わったとおり、お父《とう》さんとタツヤは、その日《ひ》のうちに、針《はり》金《がね》で、虫《むし》をやっつけた。

そのためか、くるみは、またぐんぐんのびた。わか葉《ば》がしげるころ、小《ちい》さなふさのような、白《しろ》っぽい花《はな》がさいた。

夏《なつ》の間《あいだ》じゅう、くるみの葉《は》は、せまい庭《にわ》におおいかぶさるようにしげった。

大《おお》きな木《き》は、このくるみだけなのに、タツヤの家《いえ》は、まるで、林《はやし》の中《なか》にあるみたいだった。

秋《あき》になると、くるみの葉《は》は、ほそい小枝《こえだ》ごと、ぱらりとおちる。すっかりおちて、はだかんぼになって、また、庭《にわ》は、明《あか》るくなる。

「くるみは、思《おも》いきりがいいのねえ」

お母《かあ》さんは、庭《にわ》をそうじしながらいった。タツヤも手《て》つだいながら、ほんとにそうだと思《おも》った。

冬《ふゆ》になると、くるみの木《き》には、いろいろな鳥《とり》がきた。

しょっちゅうきているのが、ひよどりだった。いつも二羽《にわ》できて、ピュイー、ピュイーと元気《げんき》よく鳴《な》く。

ひよどりは、頭《あたま》の毛《け》がぼさぼさで、やんちゃぼうずにそっくりだ。

それで、タツヤは「ひよどりぼうず」と名前《なまえ》をつけた。

節分《せつぶん》の夜《よる》、タツヤは、まめまきをした。

「おには外《そと》、ふくは内《うち》」

大《おお》きな声《こえ》でさけびながら、タツヤは、庭《にわ》にまめをまいた。

暗《くら》い庭《にわ》のくるみの木《き》も、まめがぱらぱらとあたった。

つぎの朝《あさ》、めずらしく、くるみの木《き》には、きじばとが二羽《にわ》やってきた。

えりに、かざりのようなもようのある、きれいなはとだ。

一羽《いちわ》が、グッポー、グッポーと鳴《な》きながら、くるみの枝《えだ》で、見《み》はりをしている。その間《あいだ》に、もう一羽《いちわ》が、庭《にわ》へおりて、タツヤのまいたまめをひろった。

それから毎朝《まいあさ》、タツヤは、くるみの木《き》の根《ね》もとに、パンくずやくず米《ごめ》をまいた。

たいていは、すずめがひろってしまったが、ときどき、タツヤの知《し》らない、めずらしい鳥《とり》もきた。

おばあちゃんにきいたら、つぐみという鳥《とり》だと教《おし》えてくれた。

そのころ、妹《いもうと》のカヨちゃんが生《う》まれた。

ほかほかとあたたかい、冬《ふゆ》の日《ひ》があたる庭《にわ》で、タツヤは、カヨちゃんをだいた、お母《かあ》さんの写真《しゃしん》をとった。

カヨちゃんは、かわいいあくびをしたまうつった。

やがて、春《はる》になると、くるみには、また新《あたら》しい芽《め》がでて、夏《なつ》が近《ちか》づくにつれて、わか葉《ば》がしげった。

小《ちい》さな花《はな》も、たくさんさいた。

ところが、その年《とし》は、どこからやってきたのか、くるみの木《き》に、黒《くろ》い毛虫《けむし》が、いっぱいいたかった。

毛虫《けむし》は、くるみの葉《は》を、ばりばり食《た》べた。

お父《とう》さんとタツヤは、二人《ふたり》がかりで、かたっぱしから毛虫《けむし》をとった。

二人《ふたり》あわせて、百《ひゃっ》ぴきとっても、まだ上《うえ》のほうには、のこっていた。

「しかたがない。すこしはのこしてやろう」

お父《とう》さんは、あきらめたようにいった。

「うん、しかたがないね」

タツヤもあきらめた。

のこった毛虫《けむし》は、どんどん大《おお》きくなって、やがて、黒《くろ》っぽいまゆをつくった。

そのまゆを、木《き》の下《した》で数《かぞ》えていたタツヤは、ふと、くるみの木《き》に、青《あお》い実《み》がなっているのを見《み》つけた。

「おばあちゃあん、お母《かあ》さあん、くるみの実《み》がなってるよう」

タツヤは、大声《おおごえ》をあげた。

くるみの実《み》は、タツヤが、いくらさがしても、たった三《みっ》つしかなかった。それでもタツヤは、うれしかった。

「一本《いっぽん》きりじゃ、なかなか実《み》をつけないもんだけどねえ」

おばあちゃんも、感心《かんしん》してながめていた。

それから、また、秋《あき》が近《ちか》づいて、そろそろ葉《は》が色《いろ》づきはじめたころ、くるみの実《み》も、黄色《きいろ》くうれた。

まちきれなくなったタツヤは、竹《たけ》のぼうで、そっとたたいてみた。

すると、くるみの実《み》は、ぽとりぽとりと、タツヤの足《あし》もとにおちた。

おばあちゃんが、うしろで見《み》ていて、わらいながら教《おし》えてくれた。

「そのままでは、ひどいにおいがするよ。よく日《ひ》にほして、それから、皮《かわ》をむくと、お前《まえ》のよく知《し》っている、くるみの実《み》になるよ。あれは、本当《ほんとう》はくるみのたねなんだけれど」

それをきいたタツヤは、目《め》をかがやかした。

そして、大《おお》きなあらしがきた。ものすごい風《かぜ》が、一晩《ひとばん》じゅうふき、大雨《おおあめ》がふった。

夜中《よなか》に、ひどい音《おと》がしたので、お父《とう》さんが外《そと》へでてみた。

くるみの木《き》が、根《ね》もとからぽっきりおれていた。そこには、古《ふる》い虫《むし》のあなが、いくつもあいていて、とてもよわくなっていたんだ。

きゅうに、庭《にわ》がさびしくなった。

お父《とう》さんは、たおれたくるみの木《き》で、小《ちい》さな子《こ》どもの人形《にんぎょう》をひとつほった。おもしろい顔《かお》にできた。

「タツヤ、こいつに、名前《なまえ》をつけてくれないか」

お父《とう》さんがそういった。そこで、タツヤは、三日《みっか》も考《かんが》えてつけた。それが「くるみたろう」っていう名前《なまえ》だ。

よく年《とし》の春《はる》、タツヤが小学校《しょうがっこう》に入《はい》るころになっても、くるみのかぶからは、とうとう芽《め》がでなかった。

だけど――。

タツヤの植木《うえき》ばちからは、新《あたら》しい芽《め》がでた。三《みっ》つのくるみのたねを、三《みっ》つの植木《うえき》ばちにうめこんで、タツヤはずっと世話《せわ》をしていた。

そのうちのひとつだけ、芽《め》がでたんだ。

タツヤとお父《とう》さんは、このくるみの芽《め》を、大事《だいじ》に育《そだ》てて、今度《こんど》は、遠《とお》い北《きた》のほうの、くるみのすきな山《やま》へもっていって、植《う》えてこようと考《かんが》えている。

「そのほうがお前《まえ》だっていいだろ」

つくえの上《うえ》の「くるみたろう」にむかってタツヤはつぶやく。もちろん、くるみたろうは、だまっているけれども、なんだかよろこんでいるようだった。

【コマ絵童話】いぬ・ねこ・ねずみ・それとだれか

だれが金魚をたすけたか

町《まち》はずれの丘《おか》の上《うえ》に、かわいい家《いえ》がありました。それがたつお君《くん》のうちです。お父《とう》さんと、お母《かあ》さんと、まだ小《ちい》さい妹《いもうと》がいます。

そのたつお君《くん》の家《いえ》では、クロという名前《なまえ》の、耳《みみ》のぴんと立《た》ったいぬをかっています。ほとんどまっ黒《くろ》ないぬですが、口《くち》のまわりと足《あし》の先《さき》は白《しろ》でした。

体《からだ》はそれほど大《おお》きくありませんが、どきようがよくて、りこうないぬです。

木戸《きど》をあけて庭《にわ》に入《はい》ると、つばきの木《き》があって、クロのいぬ小屋《ごや》は、そのつばきの木《き》の下《した》にあります。

くさりでつながれているクロは、しばふでねむってばかりいます。でも、本当《ほんとう》は、さんぽのすきな元気《げんき》ないぬでした。

そんなクロのところへ、ときどきかわった友《とも》だちがあそびにきます。

たつお君《くん》たちが、ミドリという名前《なまえ》をつけた、めすのらねこです。白《しろ》いねこなのに、どうしてそんなすてきな名前《なまえ》がついたのか、というと、このねこの目《め》が、みどり色《いろ》をしているからです。

のらねこですから、どこかの家《いえ》でかわれている、というわけではありません。でも、どことなく上品《じょうひん》で、いつもまっ白《しろ》なきれいな毛《け》をしているためか、あちこちの家《いえ》でかわいがられています。

のらねこのミドリは、クロのくさりのとどかないところで、わざとねそべったり、ひげの手《て》いれをしたりします。

「クロさんは、かわいそうね。いきたいところにもいけないで」

そんなことをいって、からかいます。

でも、クロのほうは、もうなれっこになっているので、おこりもしません。

「そのかわり、たつお君《くん》がさんぽにつれてってくれるからな。お前《まえ》こそ、いつもひとりぼっちでかわいそうだね」

これが二人《ふたり》のあいさつです。

たつお君《くん》の家《いえ》の庭《にわ》へ、勝手《かって》に入《はい》ってくるのは、のらねこのミドリだけではありません。うら山《やま》のやぶに住《す》んでいる、ねずみの夫婦《ふうふ》も、ときどきやってきます。

ねずみは、あそびにくるわけではありません。たつお君《くん》のお母《かあ》さんは、古《ふる》くなったビスケットやパンくずを、しばふの庭《にわ》にまきます。すると、すずめやひよどりなどがきて食《た》べます。
ねずみたちは、そのことをよく知《し》っているので、ひろいにくるのです。そんなときねずみたちは、クロの小屋《こや》からずっとはなれたところへ、そっと入《はい》ってきます。

そこには、れんがでかこんだ、小《ちい》さな丸《まる》い池《いけ》があるのですが、ねずみはその池《いけ》のふちをつたって、用《よう》心《じん》しいしい庭《にわ》にやってくるのです。

それでもクロのことは、あまりこわがっていません。近《ちか》よらなければ、何《なに》もしないとわかっているのです。

これでどうやら、いぬと、ねこと、ねずみがそろいました。

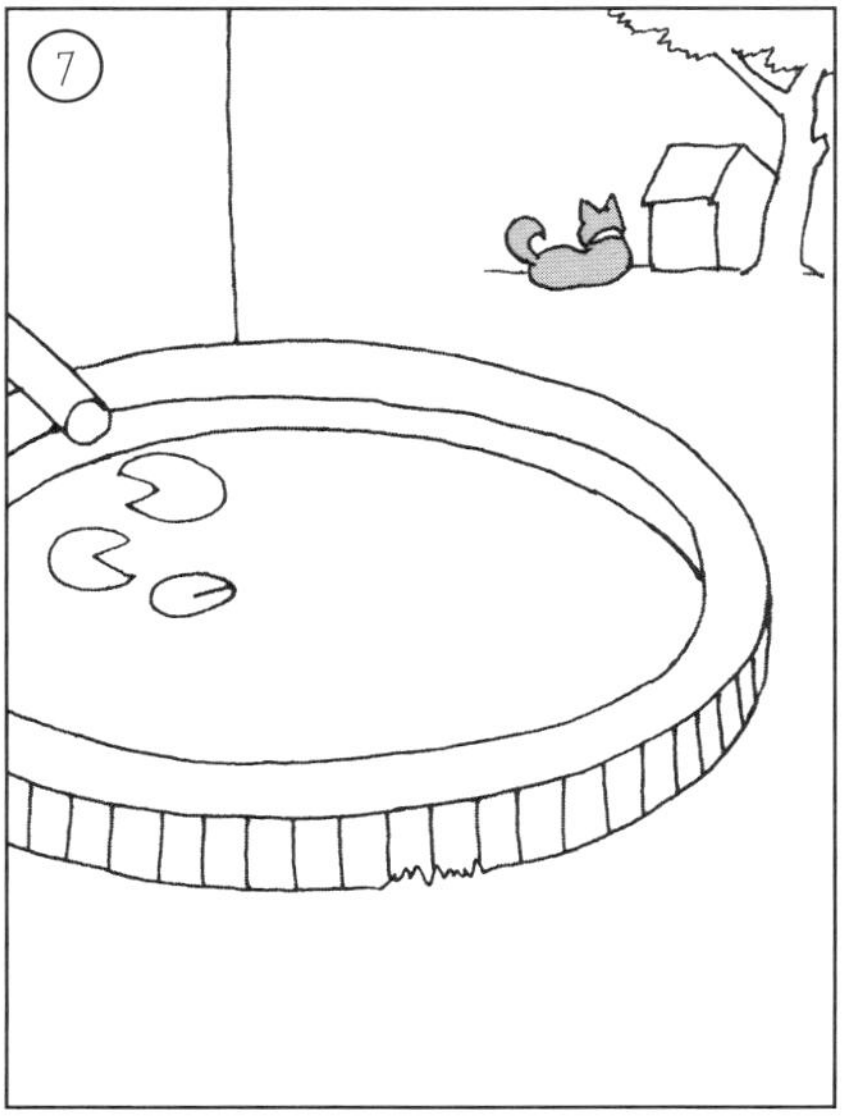

お話《はなし》は、このクロのいる庭《にわ》の、丸《まる》い池《いけ》のところではじまるのです。

七月《しちがつ》のはじめごろ、雨《あめ》のふる日《ひ》がつづきました。小《ちい》さな丸《まる》い池《いけ》には、雨《あま》どいからきれいな雨水《あまみず》がながれこんで、いっぱいになりました。いつもはにごっている池《いけ》の水《みず》が、すきとおって見《み》えました。

やがて、ひさしぶりに雨《あめ》があがって、まぶしいほどいい天気《てんき》になった日《ひ》のことです。

池《いけ》の金魚《きんぎょ》たちも、きっとうれしかったのでしょう。すいすいと気《き》もちよさそうにおよぎまわって、ときどき水《みず》の上《うえ》まではねました。

小《ちい》さな金魚《きんぎょ》は、

ぽちゃん

と、小《ちい》さくはねました。

もうすこし大《おお》きい金魚《きんぎょ》は、

ぱっちゃん

と、すこし大《おお》きな音《おと》をたてて、はねあがりました。

池《いけ》でいちばん大《おお》きな、金魚《きんぎょ》の王《おう》さまは、

ばっしゃーん！

と、はねあがったのです。

ところが、あまりいきおいよくはねたものですから、池《いけ》の外《そと》までとびだしてしまいました。

ちょうどそのとき、池《いけ》のふちをまわって、ねずみのおかみさんが、庭《にわ》に入《はい》ってきたのでした。

その目《め》の前《まえ》で、自分《じぶん》よりも大《おお》きな金魚《きんぎょ》が、水《みず》からはねあがったかと思《おも》うと、しばふの上《うえ》におちてきたのです。ねずみのおかみさんは、びっくりぎょうてんしました。

このおかみさんは、とてもこころのやさしいねずみでしたから、ふるえながらつぶやきました。
「どうしよう、どうしよう。金魚《きんぎょ》は水《みず》からでちゃ、いけないのに」
おろおろしていると、ふいにうしろでこんな声《こえ》がしました。
「おや、ねずみのおかみさんじゃありませんか。何《なに》かありましたか」

おかみさんは、ふりむいておどろきました。だってそこには、のらねこのミドリが、じっと立《た》っていたのです。

ねこがこんなに近《ちか》くにくるまで、気《き》がつかないなんて、生《う》まれてはじめてのことでした。

ねずみのおかみさんは、あわててにげようとしましたが、足《あし》がすくんで、うごけませんでした。だまってミドリを見《み》ているだけです。

すると、ミドリがいいました。
「そんなにこわがらなくてもいいのよ。あたしはなんにもしないからね」
そうです。ミドリはそういうねこなのです。
あちこちの家《いえ》で、かわいがられているミドリですから、おいしいものを、いつもおなかいっぱい食《た》べています。ねずみなんか、食《た》べようと思《おも》ったこともありません。

それをきいて、すこしおちついたねずみのおかみさんは、ふるえながらいいました。

「あの、あの、金魚《きんぎょ》が……」

ごっくん、と、つばをのみこんで、庭《にわ》のほうをゆびさしました。

「い、池《いけ》から、と、とびだしちゃったんです」

「おやおや、こまった金魚《きんぎょ》だこと」

そういうと、ミドリは先《さき》に庭《にわ》へ入《はい》りました。

すると、たしかに大《おお》きな金魚《きんぎょ》が、しばふの上《うえ》ではねているではありませんか。
なんといっても、ミドリはねこです。思《おも》わずとびだして、その金魚《きんぎょ》をつかまえたくなりました。
つかまえて、ちょっぴりかじってみようかな、と思《おも》ったのです。今《いま》まで、ねずみを食《た》べたことはありませんが、魚《さかな》は食《た》べたことがあります。
でもミドリは、ほっとためいきをつきました。

そして、首《くび》をふりながら、ゆっくりとクロのほうへいきました。

クロは、いぬ小屋《ごや》の前《まえ》でいねむりをしていましたが、それでもミドリが近《ちか》づいてくるのは、わかっていたようです。

ミドリは、いつものように、クロがとびついてもとどかないところで、とまりました。

「クロさん、ちょっときいて」

ミドリはそんなふうに、はなしかけました。

「あっちのほうで、池《いけ》の金魚《きんぎょ》がとびだしているんだけど、あんた、なんとかしてやったらどう」

クロは、目《め》だけあけてこたえました。

「お前《まえ》がなんとかしてやれよ」

「あたしはだめ。つい食《た》べたくなっちゃうから」

「ふーん、しようがないねこだな」

クロはそういって、むっくりおきあがりました。

それから、大《おお》きくのびをしたかと思《おも》うと、いきなりほえたのです。

「わん、わん、わん」

すると、がらりと家《いえ》の戸《と》があいて、たつお君《くん》がでてきました。

それを見《み》たクロは、池《いけ》のほうをむいて、またほえました。たつお君《くん》は、ふしぎそうに池《いけ》のほうをながめました。

「あれれ、金魚《きんぎょ》がとびだしてる。そうか、クロはそれを教《おし》えてくれたのか」

そういいながら、たつお君《くん》は、かけていきました。そして、金魚《きんぎょ》をそっとひろいあげると、池《いけ》にかえしてやったのです。

さて、この金魚《きんぎょ》をたすけたのは、だれでしょう。ねずみでしょうか。ねこでしょうか。いぬでしょうか。それとも、たつお君《くん》でしょうか。

遠い星から

まこちゃんは、道《みち》ばたでえんぴつをひろいました。

でも、ひろってみたら、形《かたち》はそっくりなのに、えんぴつではなくて、金《かね》でできているものでした。

「どうりで太《ふと》すぎると思《おも》った」

まこちゃんは、そでででこすってみました。ぴかぴかに光《ひか》りました。

「やあ、きれいだな」

あんまりきれいなので、まこちゃんは、

もって帰《かえ》って、つくえの上《うえ》のえんぴつ立《た》てにさしました。
そのまま、まこちゃんが絵本《えほん》をながめていると、そのえんぴつみたいなものが、ひとりでにコトリとうごきました。上《うえ》のほうに、ぽっちり小《ちい》さなあながあいて、そこからだれかがのぞいているのです。
まこちゃんが、そっと目《め》を近《ちか》づけてみると、なんとまあ、小《ちい》さい小《ちい》さいうちゅう人《じん》が、まこちゃんを見《み》て、あわてて顔《かお》を引《ひ》っこめたのです。
「あれ、どうしてかくれるの。ぼく、何《なに》もしないよ」

絵本《えほん》なんかほうりだして、つくえの引《ひ》き出《だ》しから、おばあちゃんにもらった、大《おお》きな虫《むし》めがねをとりだしました。虫《むし》めがねでよく見《み》ると、えんぴつみたいのは、小《ちい》さいロケットでした。

まこちゃんは、ロケットをつくえの上《うえ》に立《た》てました。すると、下《した》のほうが、ぽっかりあいて、三人《さんにん》のありんこほどのうちゅう人《じん》が、おそるおそるでてきたのです。

「やあ、きみたち、どこからきたの」

「遠《とお》い遠《とお》い星《ほし》からきたよ」

ちびのくせに、声《こえ》ははっきりきりきこえました。

「お月《つき》さまより遠《とお》い星《ほし》なの？」

「ずっと遠《とお》いよ」

「火星《かせい》より遠《とお》いの？」

「遠《とお》いよ」

「土星《どせい》より遠《とお》いの？」

「遠《とお》い、遠《とお》い」

「おりひめ星《ぼし》より遠《とお》いの？」

まこちゃんは、そんな星《ほし》の名前《なまえ》をおぼえていたのです。

「もちろん遠《とお》いよ」

「それじゃ、天《あま》の川《がわ》の外《そと》かい？」

「いや」

小《ちい》さいうちゅう人《じん》は、虫《むし》めがねの中《なか》でにこにこしました。

「天《あま》の川《がわ》って銀河《ぎんが》のことだね。ぼくたち、銀河《ぎんが》のむこうのはしからとんできたんだ」

「すごいねえ」

「それでね、ぼくたち、地球《ちきゅう》には用《よう》がないから、もう帰《かえ》るんだけど、食《た》べものがたりないんでさがしてたんだよ。わけてくれないか」

「いいよ。何《なに》をあげようか」

「うん、おさとうがすこしほしい」

「なんだ、それなら、わけない」

まこちゃんは、台所《だいどころ》へおさとうをさがしにいきました。

「お母《かあ》さん、おさとうをすこしちょうだい」

「あら、おさとうなんかどうするの。なめたりしちゃいけないわ」

お母《かあ》さんはふしぎそうです。

「うん、ぼく、ありんこのうちゅう人《じん》にあげるんだ」

「おやまあ」

お母《かあ》さんは、わらいながら角《かく》ざとうをひとつわたしてくれました。

まこちゃんが、つくえの前《まえ》にもどって、ロケットのよこに角《かく》ざとうをおくと、小《ちい》さいうちゅう人《じん》は、うれしそうにいいました。

「ありがとう。これだけあればだいじょうぶだ。こまかくくだいてくれないか」

「よしきた」

コンコンと角《かく》ざとうをくだくと、三人《さんにん》はせっせとロケットの中《なか》にはこびこんだのです。

「ぼくたちがロケットに入《はい》ったら、広《ひろ》いところへつれていっておくれ。ここでは、空《そら》へとびたてないから」

まこちゃんも、にこにこしました。

「わかった。引《ひ》きうけた」

すっかりすむと、また、まこちゃんの前《まえ》にならんで、きちんとおじぎをしました。

「ほんとにありがとう。おかげで、遠《とお》い遠《とお》い星《ほし》まで帰《かえ》れるよ」

まこちゃんは、えんぴつの形《かたち》をしたロケットをもって庭《にわ》へでました。

ロケットを地面《じめん》の上《うえ》に立《た》てて、すこしうしろにはなれました。

やがて、シュルシュルシュルルッと白《しろ》いけむりがでたかと思《おも》うと――。シューーッと音《おと》をたてて、ロケットは、まっすぐ青《あお》い空《そら》へ消《き》えていきました。

遠《とお》い遠《とお》い星《ほし》へ帰《かえ》っていったのでしょう。

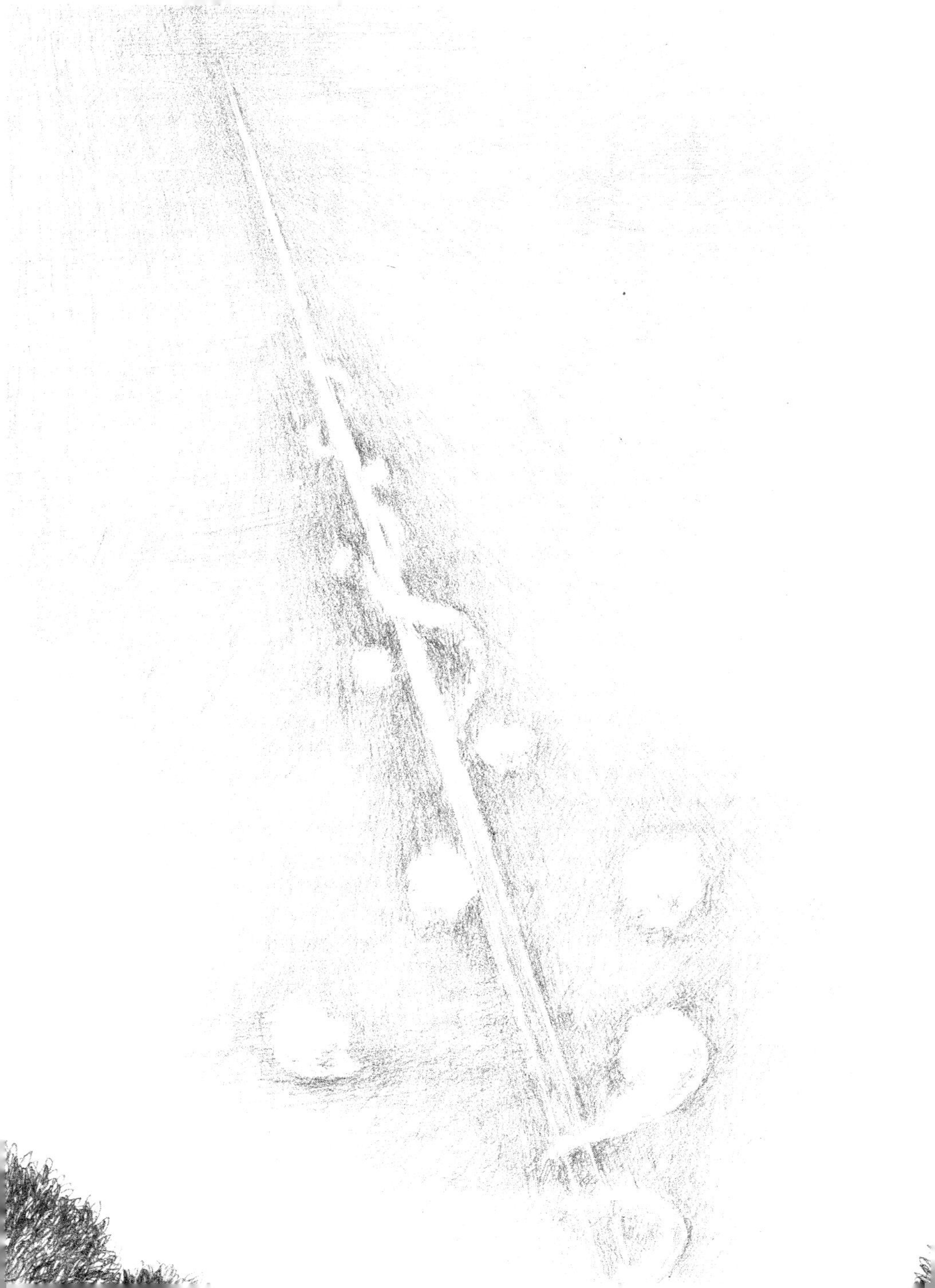

りゅうぐうの水がめ

1

太一《たいち》が、友《とも》だちの松太郎《まつたろう》から金魚《きんぎょ》をもらったのは、夏休《なつやす》みに入《はい》ってすぐでした。

もともと松太郎《まつたろう》の家《いえ》は、金魚屋《きんぎょや》でした。金魚屋《きんぎょや》といっても、町《まち》のペット屋《や》さんのような小《ちい》さな金魚屋《きんぎょや》ではありません。松太郎《まつたろう》の家《いえ》は、町《まち》はずれに大《おお》きな池《いけ》をいくつももっていて、金魚《きんぎょ》やコイをたまごから育《そだ》てているのです。

夏休《なつやす》みになって、太一《たいち》が松太郎《まつたろう》の家《いえ》に、はじめてあそびにいったとき、おみやげに、金魚《きんぎょ》をたくさんもらったのでした。

「こんなにもらっていいのかい」

そのとき、太一《たいち》は目玉《めだま》をぐりぐりさせていいました。松太郎《まつたろう》は、大《おお》きなビニールのふくろに、二十《にじゅっ》ぴきほどの金魚《きんぎょ》を入《い》れてくれたからでした。

「かまうもんか」

松太郎《まつたろう》は、そういってにやにやしました。

「でも、こんなにたくさん、どうやってかったらいいんだい」

「きみのところに、池《いけ》はないのか」

「そんなもん、ないぜ」

「雨水《あまみず》をためておく、おけかなんか、おいてないのかい」

「ないよ」

「おふろは」

「おふろはあるよ」

「それなら、ふろおけに入《い》れておけよ」

「ばかいうな」

太一《たいち》と松太郎《まつたろう》は、そんなことをいいあって、げらげらわらいました。

「池《いけ》を作《つく》ろうかな」

わらいながらも、太一《たいち》は、たくさんの金魚《きんぎょ》をながめていいました。

「そうしなよ。おれも手《て》つだってやるから」

「うん」

「それまでは、バケツか水《みず》がめに、入《い》れておけばいいよ」

松太郎《まつたろう》はそういいました。それをきいて、太一《たいち》は、ふと思《おも》いだしたことがあります。

2

去年《きょねん》の夏《なつ》、海《うみ》に近《ちか》い、おじさんの家《いえ》へあそびにいったとき、太一《たいち》は海岸《かいがん》で、おもしろいものを見《み》つけたのです。

貝《かい》がらが、いっぱいくっついた水《みず》がめでした。かなり大《おお》きなもので、せまくなった口《くち》のところでも、直径二十《ちょっけいにじゅっ》センチはあったでしょう。そこのほうはふくらんでいて、高《たか》さは四十《よんじゅっ》センチぐらいありました。この水《みず》がめには、貝《かい》がらがたくさんはりついていました。

太一《たいち》は、すなの中《なか》からほりだして、とにかくおじさんの家《いえ》までもっていきました。

「おやまあ、太一《たいち》ちゃんは何《なに》をもってきたの」

おばさんは、そのきたない水《みず》がめを見《み》て、びっくりしたようでした。

「海《うみ》でひろったんだよ。すなにうまってたんだ。おもしろいから、もってきた」

「あらあら」

おばさんは、いきなり声《こえ》をあげました。

「あんた、血《ち》がでてるわよ。貝《かい》がらで手《て》をきったんでしょ。見《み》せてごらんなさい」

太一《たいち》が、あわてて手《て》を広《ひろ》げてみると、左《ひだり》も右《みぎ》も、きずだらけでした。手《て》のひらだけでなく、手首《てくび》のところも、うでにも、貝《かい》がらできったきずがいっぱいありました。

海岸《かいがん》からおじさんの家《いえ》まで、はじめは水《みず》がめをかかえてきたのですが、あまりおもいので、とちゅうから、地面《じめん》をころがしてきました。それでもこんなきずができたのでしょう。

「いったい、何《なに》にするつもりなの、あんなきたないものをもってきて」

おばさんは、手当《てあ》てをしながら、そんなことをいいましたが、太一《たいち》には返事《へんじ》ができませんでした。ただおもしろいと思《おも》っただけで、ほかに理由《りゆう》はなかったからです。よくよく考《かんが》えてみると、自分《じぶん》でもばかげたことをしたように思《おも》いました。

そんなことがあったため、太一《たいち》が見《み》つけてきた貝《かい》がらだらけの水《みず》がめは、そのままおじさんの家《いえ》のえんの下《した》に、ほうりこまれてしまいました。今《いま》でもきっと、そこにころがっているでしょう。

★

太一《たいち》はその水《みず》がめのことを思《おも》いだしたのでした。

「おれ、水《みず》がめがあるんだ」

太一《たいち》は、いきなり松太郎《まつたろう》にむかっていいました。

「お前《まえ》の水《みず》がめか」

「そうなんだ。去年《きょねん》、おじさんの家《いえ》へいったとき、海《うみ》でひろったんだ。ずいぶん大《おお》きいやつだぜ」

「そんなら、もう心配《しんぱい》いらないじゃないか。帰《かえ》ったらすぐ金魚《きんぎょ》を入《い》れてやれよ」

「ところが、そうはいかない」

太一《たいち》は、首《くび》をふりました。

「その水《みず》がめは、おじさんの家《いえ》においてあるんだ」

「とってこいよ」

「うん。明日《あした》、自転車《じてんしゃ》でとりにいく。バスでも四十分《よんじゅっぷん》かかるから、自転車《じてんしゃ》だと、おうふく二時間半《にじかんはん》はたっぷりかかるな」

「おれもいっしょにいこうか」

松太郎《まつたろう》も、おもしろくなってきたとみえて、きゅうにいいだしました。

「いっしょにいくかい」

「ああ、どんな水《みず》がめだか、見《み》てやる」

「よし」

二人《ふたり》は、やくそくをしてわかれました。

3

貝《かい》がらだらけの水《みず》がめは、おじさんの家《いえ》のえんの下《した》に、ほこりをかぶってころがっていました。

「すてよう、すてようと思《おも》っていたんだけど、あまり大《おお》きくて、すてるところがなかったのよ」

つめたいジュースをごちそうしてくれたおばさんは、わらいながらいいました。

「すてなくてよかったな」

太一《たいち》は、松太郎《まつたろう》にいいました。

「うん」

松太郎《まつたろう》は、かたくなって返事《へんじ》をしていました。

「でも、あなたたち、いったいこんなものどうするの」

おばさんは、二人《ふたり》をかわるがわる見《み》ながら、ききました。

「おれ、金魚《きんぎょ》をかうんだ」

「まあ、金魚《きんぎょ》は、金魚《きんぎょ》ばちでかえばいいのに」

「だって、五十《ごじゅっ》ぴきもいるんだぜ」

太一《たいち》が、すこしおおげさにいったので、松太郎《まつたろう》は目《め》を白黒《しろくろ》させていました。おばさんも、びっくりしていたようでした。

★

太一《たいち》と松太郎《まつたろう》は、こうして、半日《はんにち》がかりで、きたない水《みず》がめをはこんできました。

そして、よくあらってから、太一《たいち》の家《いえ》のうら庭《にわ》に、半分《はんぶん》まで土《つち》にうめて、すえつけました。それから、井戸《いど》の水《みず》をいっぱいにはって、金魚《きんぎょ》をはなしてやりました。

二人《ふたり》は頭《あたま》をぶつけるようにして、かわるがわる水《みず》がめをのぞきこみました。なんとなく、二人《ふたり》とも、うれしかったからでした。

ところが、二人《ふたり》は、すぐに顔《かお》をあげて、おたがいの顔《かお》を見《み》つめました。

「おい、へんだな」

「うん、へんだな」

たしかにへんでした。すいすいとおよぎだした金魚《きんぎょ》は、たちまちすがたが見《み》えなくなってしまったのです。二十《にじゅっ》ぴきとも、みんな見《み》えないのです。

「どこかに、かくれるところがあるのかな」

わけがわからず、太一《たいち》は手《て》をつっこんでみました。すると、どういうことでしょう。水《みず》がめの中《なか》は、まるで手《て》ごたえがなく、ふかいふかい海《うみ》の中《なか》に手《て》を入《い》れたようでした。肩口《かたぐち》まで、手《て》をさしこんでも、手《て》は底《そこ》にとどきませんでした。よこのほうへのばしても、貝《かい》がらだらけの水《みず》がめには、さわりませんでした。

「おい」

太一《たいち》は、松太郎《まつたろう》をにらみつけるようにして、いいました。

「これは、へんなかめだ。ほりだしてみよう」

「よし」

松太郎《まつたろう》も、まじめな顔《かお》でこたえました。

二人《ふたり》は、大《おお》いそぎでぐらぐらと水《みず》がめをうごかし、地面《じめん》の上《うえ》に引《ひ》きずりあげてザーッと水《みず》をあけてみました。

「あれ」

二人《ふたり》とも、びっくりして、声《こえ》をだしました。水《みず》といっしょに、二十《にじゅっ》ぴきの金魚《きんぎょ》がながれでて、ぴんぴんはねまわったのです。

「ちえっ、やっぱり入《はい》っていたんだ」

松太郎《まつたろう》は、のんきそうにいいましたが、太一《たいち》はだまっていました。そして、金魚《きんぎょ》

をもとのバケツにもどしました。

4

太一《たいち》は、松太郎《まつたろう》からもらった金魚《きんぎょ》を、すこしずつ友《とも》だちにわけてやりました。自分《じぶん》には三《さん》びきだけのこして、ふつうの金魚《きんぎょ》ばちでかいました。

あの水《みず》がめは、水《みず》を入《い》れるとそこなしになってしまうのです。それを知《し》っているのは、太一《たいち》ひとりだけでした。もしかしたら、松太郎《まつたろう》は気《き》がついていたかもしれませんが、何《なに》もいいませんでした。

しばらくたってから、太一《たいち》は、ひとりで水《みず》がめを自転車《じてんしゃ》につんで、もとの海《うみ》まですてにいきました。あの水《みず》がめは、きっと、海《うみ》の神《かみ》さまが、りゅうぐうでつかっていたものにちがいないと、太一《たいち》は思《おも》ったからでした。

タケオくんの電信柱

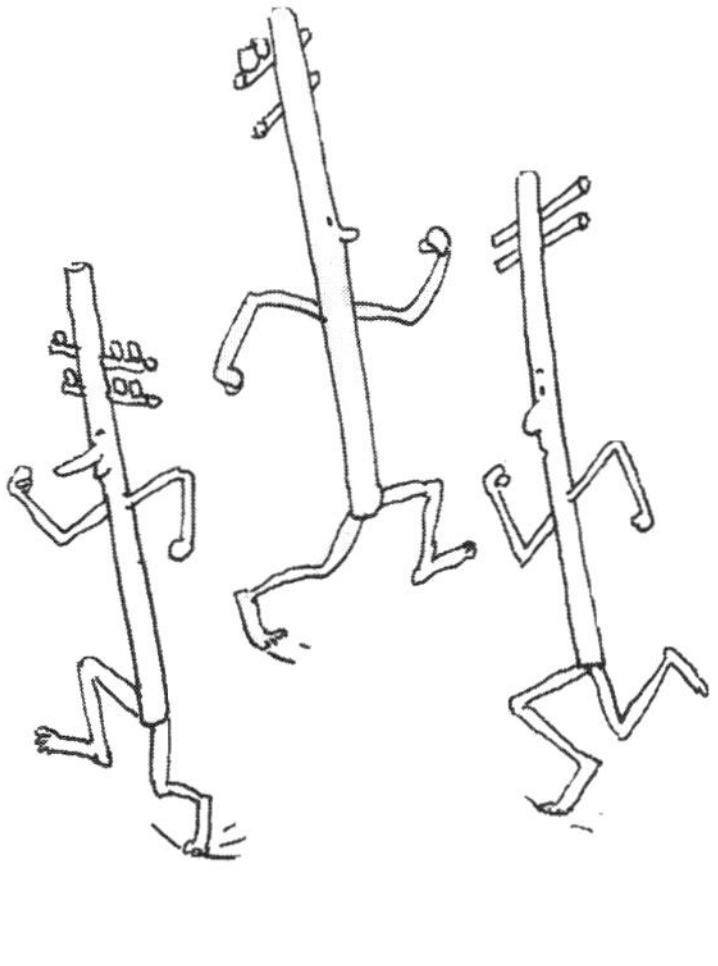

タケオくんが、エイコちゃんといっしょに、ようち園《えん》から帰《かえ》るときのことです。

「この電信柱《でんしんばしら》、大《おお》きいなあ」

道《みち》ばたの、コンクリートでできた、新《あたら》しいりっぱな電信柱《でんしんばしら》を見《み》あげて、タケオくんはいいました。

「ほんとねえ」

エイコちゃんも見《み》あげて、うなずきました。

「ね、エイコちゃん、この電信柱《でんしんばしら》、ぼくのもの」

タケオくんは、大《おお》いそぎでいいました。そういうのが、ようち園《えん》では、はやっていたのです。

つみ木《き》でも、てつぼうでも、ぶらんこでも、その日一番先《ひいちばんさき》にさわって、「これ、ぼくのもの!」と、いった子《こ》のものになるのです。

ですから、たとえば、ほかの子《こ》がぶらんこにのりたいときは、ぶらんこのもち主《ぬし》にきかないで、のってはいけません。また、もち主《ぬし》は、だれにでもじゅん番《ばん》どおり、のせてやらなければいけません。そういうやくそくです。

だから、つい、タケオくんは、エイコちゃんにいってしまったのです。

「この電信柱《でんしんばしら》、ぼくのものだよ」

「いいわよ。そのかわり……」

エイコちゃんは、道《みち》のはんたいがわの、小《ちい》さい電信柱《でんしんばしら》を、ゆびさしました。

「あっちは、あたしのもの」

「いいよ。それなら、ええと」

タケオくんは、むこうに見《み》える、べつの電信柱《でんしんばしら》をゆびさしました。

「あれは、ぼくのもの」

「それなら、あのむこうは、あたしのもの」

とうとう、タケオくんとエイコちゃんは、そこからうちに帰《かえ》るまで、道《みち》ばたに立《た》っていた電信柱《でんしんばしら》を、みんな、二人《ふたり》でわけてしまいました。

★

やがて、夜《よる》になりました。

ふとんの中《なか》で、うとうとしていたタケオくんは、だれかによばれたような気《き》がして、ぱっと、目《め》をさましました。もう十回《じゅっかい》も、そんなことをしています。

（へんだなあ、どうしてぼく、ねむれな

いのかなあ）

すうっとねむりかけると、ぴくんと目《め》がさめてしまうのです。

（ねむくてねむくてしようがないのに、なんで、目《め》がさめるんだろう）

ぎゅっと、かたく目《め》をつぶっていると、まっ暗《くら》なタケオくんの目《め》の中《なか》に、ぽっちり、光《ひか》るものが見《み》えてきました。

はじめは、小《ちい》さい星《ほし》のようでしたが、それが、だんだん近《ちか》づいてきて、しゅっと、ほそ長《なが》くなりました。まるで、えんぴつのようなものになって、そのえんぴつのようなものに、ちゃんと手《て》や足《あし》がついているのです。

（なんだ、これ。えんぴつみたいだけど、えんぴつじゃないよ。うん、上《うえ》のほうに、電信柱《でんしんばしら》みたいによこ木《ぎ》があるし、あっ、そうか、これ、電信柱《でんしんばしら》だ。小《ちい》さい電信柱《でんしんばしら》だ！）

手《て》や足《あし》のついた電信柱《でんしんばしら》なんて、見《み》たことがありません。ですから、タケオくんも、すぐにはわからなかったのです。

すると、もうひとつ、同《おな》じような小《ちい》さい電信柱《でんしんばしら》が、ぴゅっとでてきました。そして、二《ふた》つの電信柱《でんしんばしら》は、ぴょんぴょんとびはねながら、じゃんけんをはじめました。

「じゃんけんぽん」

「あいこで、ほい」

「あいこで、ほい」

「あいこで、ほい」

いくらやっても、勝負《しょうぶ》がつきません。

「あいこで、ほい」

（あっ、こっちが勝《か》ったよ！）

思《おも》わずタケオくんは、こころの中《なか》でい

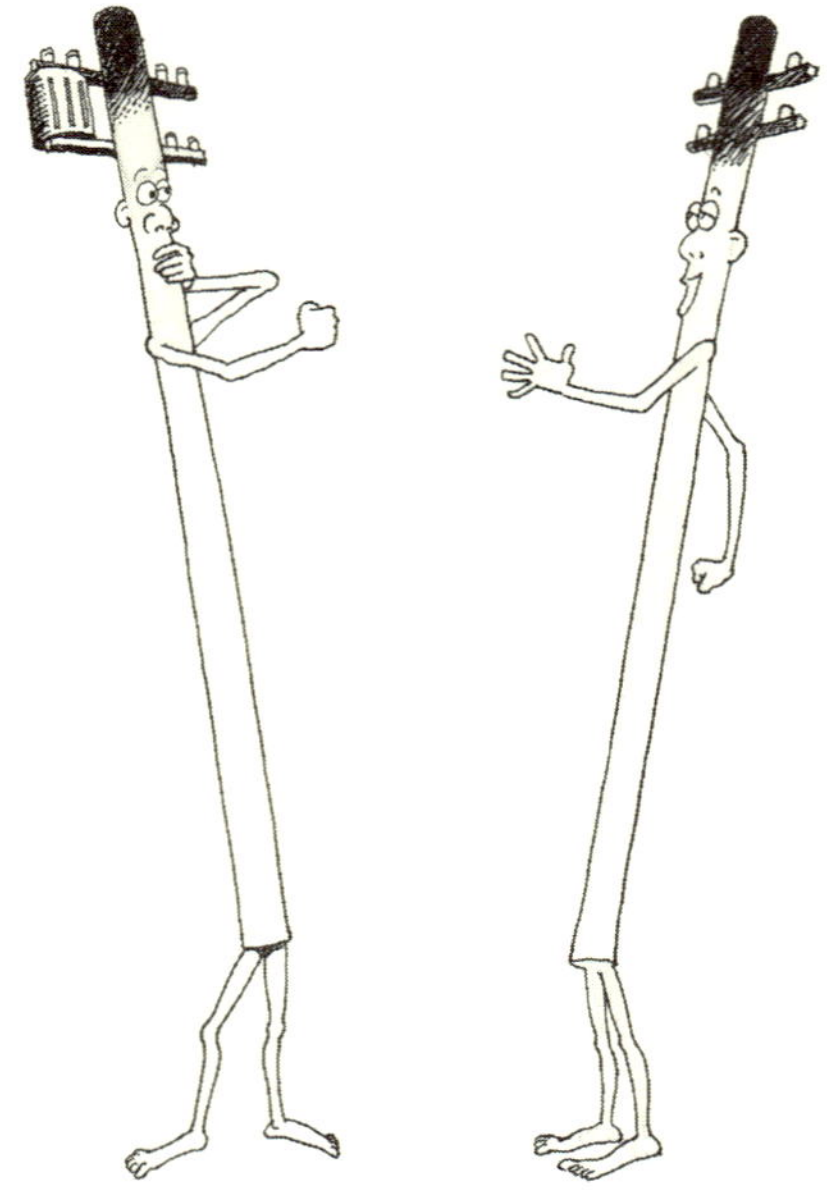

いました。

負《ま》けたほうの電信柱《でんしんばしら》が、――こちらのほうがすこし太《ふと》いのですが――くるんとうしろをむくと、たちまち、どこかへ消《き》えていきました。

勝《か》ったほうの電信柱《でんしんばしら》は、タケオくんの目《め》の中《なか》で、しいんとしずかになって、だんだん小《ちい》さくちぢんで、そして、ふっと見《み》えなくなりました。

タケオくんの目《め》の中《なか》は、もとどおりまっ暗《くら》になって、……いつの間《ま》にか、タケオくんは、すやすやとねむっていました。

★

ねむっているタケオくんのまくらもとに、さっきの、じゃんけんに勝《か》ったほうの、えんぴつほどしかない電信柱《でんしんばしら》がやってきて、そっとタケオくんの顔《かお》を、のぞきこみました。

「やれやれ、やっとご主人《しゅじん》さまは、ねむったようだ」

それから、うしろをふりむいて、手《て》で合図《あいず》しました。

　すると、先《さき》ほどのじゃんけんで負《ま》けた、太《ふと》いほうの電信柱《でんしんばしら》が、ぞろぞろと、なかまをたくさんつれて、でてきました。
「ならんでならんで。ほら、きちっとよこにならばなきゃ。背《せ》いのじゅんだよ。小《ちい》さいのはこっちへきて、大《おお》きいのは……、あ、一《いち》れつではむりだな。うん、二《に》れつになってならぶんだ」
　ぼんやりしている電信柱《でんしんばしら》や、タケオくんのほうを見《み》ようとしてのびあがっている電信柱《でんしんばしら》たちをつつ

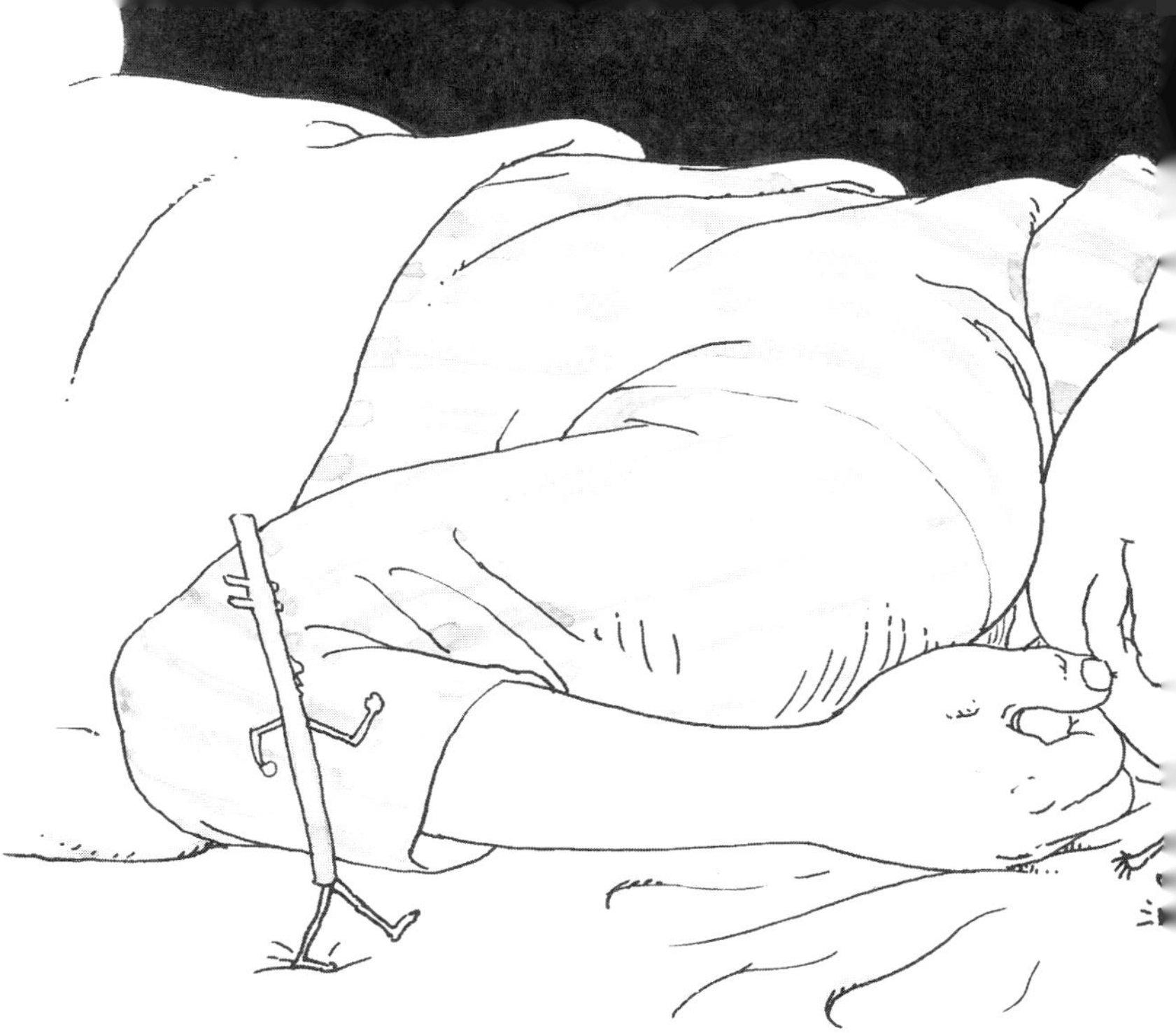

いて、一生《いっしょう》けんめいならばせました。

大《おお》きいのも、小《ちい》さいのも、黒《くろ》いのも、白《しろ》いのも、どうやらみんなならびました。そのとき、じゃんけんで勝《か》った電信柱《でんしんばしら》が、ごうれいをかけました。

「きをつけ!」

そして、ちょっと、ならんでいる電信柱《でんしんばしら》たちを、見《み》まわしてからいいました。

「ぼくたちは、今日《きょう》の昼《ひる》に、このタケオくんのものになった。だからみんなそろって、あいさつすることになった。いいね」

「はあい」

「では、いっしょに、おじぎをする。一《いち》、二《に》の、三《さん》！」

「こんばんは！」

みんないっせいに、頭《あたま》をさげていいました。それから、わあいと、うれしそうにさけび声《ごえ》をあげながら、タケオくんのまくらもとを、ぐるぐる走《はし》りまわりました。

「しいっ。だめだったら！　タケオくんが目《め》をさましたら、たいへんだよ」

ごうれいをかけた電信柱《でんしんばしら》が、とめました。

「さあ、大《おお》いそぎで帰《かえ》ろう」

電信柱《でんしんばしら》たち――といったって、ちっぽけなえんぴつほどしかないものでしたが――は、さあっと、どこかへ走《はし》っていってしまいました。

★

つぎの日《ひ》、またタケオくんとエイコちゃんは、同《おな》じ道《みち》をとおって、ようち園《えん》にいきました。そのとき、タケオくんは、エイコちゃんにいいました。

「ほら、この電信柱《でんしんばしら》はぼくのもので、あっちがエイコちゃんのものだね」

「あら、そうだったかしら」

「そうだよ。ぼく、ちゃんとおぼえてるよ」

「そう。でも、あたし、どうでもいいわ。だって、ぶらんこやつみ木《き》だったら、もち主《ぬし》になってもおもしろいけど、電信柱《でんしんばしら》なんか、おもしろくないんだもの」

「ふうん」

タケオくんは、ふしぎそうに、エイコちゃんの顔《かお》を見《み》ました。タケオくんは、ずっと、電信柱《でんしんばしら》のもち主《ぬし》になっていたかったからです。

つくえの上のうんどう会

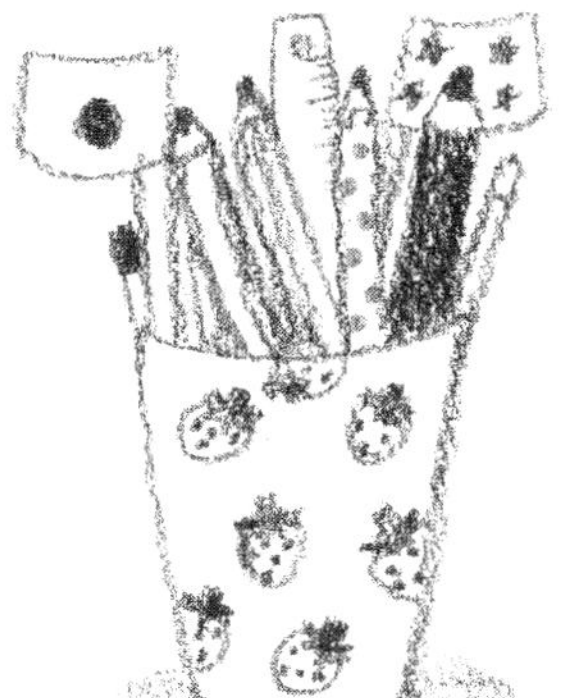

古《ふる》い大《おお》きなつくえ

かずやくんのうちのまどぎわには、大《おお》きなつくえが、ひとつおいてあります。お父《とう》さんが、自分《じぶん》で作《つく》ったつくえです。

大《おお》きいつくえのおかげで、せまいうちがますますせまくなりますが、とてもべんりです。お母《かあ》さんも、ちょっとつかいます。お父《とう》さんも、ときどきつかいます。でも一番《いちばん》つかうのは、四年生《よねんせい》のお姉《ねえ》ちゃんです。そのつぎが、かずやくんです。

つくえの前《まえ》には、イスが二《ふた》つおいてあります。去年《きょねん》まではひとつでしたが、かずやくんが、今年一年生《ことしいちねんせい》になったとき、もうひとつ、買《か》いました。

つくえは、ふつうよりも長《なが》くて大《おお》きいので、二人《ふたり》でならんでつかっても、あまりじゃまにはなりません。それでも、引《ひ》き出《だ》しがないので、つくえの上《うえ》を、きちんとかたづけておかないと、せまくなります。

二人《ふたり》が、そろって勉強《べんきょう》するときは、なおさらです。

つくえの上《うえ》に何《なに》がある

「ほら、またはみでてる」

お姉《ねえ》ちゃんは、ときどきそういって、

顔《かお》をしかめながら、かずやくんの本《ほん》やノートをおしかえします。

「このふしのところからこっちが、お姉《ねえ》ちゃんでしょ。かずやは、ここからむこうだけつかうのよ。この前《まえ》、やくそくしたでしょ」

そういって、ゆびでつくえの上《うえ》に、線《せん》をかきます。そこがさかい目《め》だと、お姉《ねえ》ちゃんのほうが、ずっと広《ひろ》くつかうことになります。

かずやくんは、口《くち》をとがらせて、ぶうぶういいます。

「ちっとぐらいいいじゃないか。お姉《ねえ》ち

ゃんのほうが広《ひろ》いんだから」

「だめ」

お姉《ねえ》ちゃんは、かずやくんをにらみつけます。かずやくんは、しかたなく、つくえの上《うえ》をかたづけて、じゃまな本《ほん》は本立《ほんた》てに、えんぴつはえんぴつ立《た》てに、しまいます。

「お姉《ねえ》ちゃんは、よけいなものをおいているから、いけないんだ」

「よけいなものって、何《なに》よ」

「人形《にんぎょう》だよ。人形《にんぎょう》ばっかり、たくさんかざってあるんだもの」

「よけいなものじゃないわ。あたしとお母《かあ》さんの、大事《だいじ》なたからものですよ」

「へん」

かずやくんは、しかたなく、また、算数《さんすう》の勉強《べんきょう》をはじめます。

つくえの上《うえ》のどうぶつたち

お姉《ねえ》ちゃんの前《まえ》には、かざりだながでんとおいてあります。ガラスも、何《なに》も入《はい》っていない、ただのたなです。

そのたなに、小《ちい》さい人形《にんぎょう》が、たくさんならんでいます。長《なが》ぐつをはいた、ちびのキューピーのほかは、みんなどうぶつの小《ちい》さな人形《にんぎょう》ばかりです。

木《き》でできたイヌがひとつ、ぬいぐるみのイヌが二《ふた》つ、ウサギが三《みっ》つ。せとものゾウとクマとシカ。モールで作《つく》ったクジャクとニワトリ。ガラスでできた小《ちい》さなネズミが五《いつ》つに、リスが二《ふた》つ。ビニールのブタがひとつに、竹《たけ》ざいくのワニとキリンがいます。

キューピーをいれて二十二《にじゅうに》もあります。

古《ふる》いのは、お母《かあ》さんがむかしあつめたものです。新《あたら》しいのは、お姉《ねえ》ちゃんがあつめたものでした。

そのどうぶつたちのたなは、お姉《ね》ちゃんのほうの、つくえの上《うえ》においてあるのです。だから、つくえがせまくなっているのです。

そして、人形《にんぎょう》のどうぶつたちは、毎日《まいにち》、そのたなの上《うえ》から、お姉《ね》ちゃんやかずやくんの、勉強《べんきょう》を見《み》ているのです。

つくえの上《うえ》の夜《よる》

夜《よる》になって、かずやくんたちがみんなねてしまうと、つくえの上《うえ》のどうぶつたちは、がやがやとはなしをはじめます。

「やれやれ、やっとしずかになったな」

だれかの声《こえ》がします。ゆかいなワニさんかもしれません。

「ほんとに、今夜《こんや》はしずかだこと」

返事《へんじ》をしたのは、シカさんでしょう。

「さあ、みんなこっちへあつまれえ。学校《がっこう》をはじめるぞう」

キューピーが、元気《げんき》に声《こえ》をかけました。

「わあい」

ぬいぐるみのイヌたちや、ガラスのネズミたちは、大《おお》よろこびでつくえの上《うえ》に走《はし》りだします。あとからみんなついてきます。

「さあ、きちんとならんで、ちゃんとすわって。ほらほら、リスくんは、よそ見《み》をしないで。ゾウさんは、ぼくのそばにきて。クマさんは、もっとうしろへいってくれなくちゃ、うしろのものが見《み》えないじゃないか」

「ほい、そうだった、ほい」

クマさんは、のっそり、うしろへいきます。

「今夜《こんや》は、算数《さんすう》の勉強《べんきょう》です」

キューピー先生《せんせい》は、どこからもちだしたのか、チョークのかけらをもっています。そして、自分《じぶん》のよこに立《た》っているゾ

ウさんのおなかに、大《おお》きな丸《まる》をかきました。ゾウさんは、黒《こく》ばんのかわりなのです。

「この丸《まる》の半分《はんぶん》に、色《いろ》をぬりましょう」

これは、昼間《ひるま》、かずやくんがやっていた問題《もんだい》です。

がやがや、がやがや。

生徒《せいと》たちは、ノートもえんぴつも、もっていませんから、つくえの上《うえ》に丸《まる》をかくまねをします。それでも、みんな一生《いっしょう》けんめいです。

カッパのかっちゃん

「ねえ、お姉《ねえ》ちゃん」

つぎの日《ひ》の夕方《ゆうがた》、かずやくんは、思《おも》いだしたように、お姉《ねえ》ちゃんをよびました。

「なあに」

お姉《ねえ》ちゃんは、きげんがいいようです。

「お姉《ねえ》ちゃんのかざりだなに、ぼくの人形《にんぎょう》もかざっていいかい」

「ぼくのって、どんな人形《にんぎょう》なの」

「ほら、これ」

かずやくんが、大事《だいじ》そうに見《み》せたのは、セルロイドでできた、小《ちい》さなカッパの人形《にんぎょう》です。体《からだ》は、みどり色《いろ》の絵《え》の具《ぐ》でぬってあります、とがったくちばしは、金色《きんいろ》でぬってあります。頭《あたま》のてっぺんは、青《あお》でぬってあります。

「何《なに》よ、これ」

「カッパだよ。ぼく十円《じゅうえん》で、今日《きょう》買《か》ったんだ」

「やだわ、カッパなんて」

お姉《ねえ》ちゃんは、ちょっと顔《かお》をしかめましたが、すぐにわらいだしました。

目玉《めだま》がまん丸《まる》で、とても、おもしろい顔《かお》をしているからです。

「どうしようかなあ」

お姉《ねえ》ちゃんは、考《かんが》えています。

「ねえ、いいだろう」

かずやくんは、お姉《ねえ》ちゃんを、下《した》からのぞきこみます。

「では、『テスト』をしましょう」

お姉《ねえ》ちゃんは、いばっています。

「あれ、『テスト』があるのかい」

「そうよ。だいいちに、名前《なまえ》はなんといいますか」

「かずやです」

「ばかね」

お姉《ねえ》ちゃんは、きゅうきゅうわらいました。

「それは、かずやの名前《なまえ》じゃないの。あたしのきいたのは、カッパさんの名《な》前《まえ》よ」

「なんだそうかあ」

かずやくんは、頭《あたま》をかきました。

「ええと、ええと。カッパのかっちゃんです」

「はい、よくできました。そのつぎは、『しんたいけんさ』です」

そういって、お姉《ねえ》ちゃんは、カッパのかっちゃんの背《せ》の高《たか》さを、ものさしではかりました。

五《ご》センチメートルです。

「これならいいでしょう」

お姉《ねえ》ちゃんは、ゾウのとなりへ、カッパのかっちゃんをおきました。

はずかしがりやのかっちゃん

また夜《よる》がきました。

つくえの上《うえ》では、またキューピー先生《せんせい》が、みんなをよびました。

「あつまれえ。学校《がっこう》をはじめるぞ」

「わあい、わあい」

きのうの夜《よる》と同《おな》じです。ちがうのは、カッパのかっちゃんが、たなの上《うえ》にのこったことです。

キューピー先生《せんせい》が、よびました。かっちゃんは、自分《じぶん》のことではないと思《おも》って、ぼんやりしていました。

「おい、きみ」

「おい、カッパくん。きみもこっちへおいでよ」

かっちゃんは、びっくりぎょうてん。

「あ、あ、あの、ぼ、ぼ、ぼく」

「さあ、おいで」

キューピー先生《せんせい》は、トントンと、とびあがってきて、かっちゃんを引《ひ》っぱりました。

「今日《きょう》からきみも、『つくえの上小学校《うえしょうがっこう》』の一年生《いちねんせい》だよ」

「ぼ、ぼ、ぼくいいよ。ここにいるよ」

かっちゃんは、とてもはずかしがり屋《や》だったのです。

「こ、こ、こまったな」

「こまることないさ。さあ、みんなにあいさつしましょう」

キューピー先生《せんせい》は、カッパのかっちゃんを、むりやり、どうぶつたちの前《まえ》につれていきました。

「今日《きょう》から、新《あたら》しい友《とも》だちがふえました。なかよく勉強《べんきょう》しましょう」

「はあい」

みんなでいっしょに、返事《へんじ》をしました。一番前《いちばんまえ》にいたガラスのネズミたちが、いいました。

「きみ、へんなどうぶつだね。なんていうの」

かっちゃんは、はずかしくて、下《した》をむいてしまいました。ぬいぐるみのウサギさんが、顔《かお》を見《み》あわせて、くすくすわらいました。

（こんなことをいわれるからいやなんだ。やっぱり、ひとりでいたほうがよかったなあ）

カッパのかっちゃんは、うつむいたまま、そんなことを考《かんが》えていたのです。

ころがりおちたかっちゃん

かずやくんは、カッパの人形《にんぎょう》のことなんか、すぐにわすれました。お姉《ねえ》ちゃんも、しばらくわすれていました。

ある日《ひ》、二人《ふたり》で、ならんで勉強《べんきょう》をしているとき、お姉《ねえ》ちゃんが、大《おお》きな声《こえ》をだしました。

「あらっ」

かずやくんは、びっくりしました。

「どうしたの」

「カッパの人形《にんぎょう》を、どこへもっていったの」

「ぼく、どこへももっていかないよ」

かずやくんも立《た》ちあがって、たなをのぞきました。

「ほんとだ。どこへいったのかな」

「へんねえ」

お姉《ねえ》ちゃんとかずやくんは、二人《ふたり》であちこちさがしました。

「あったあった」

つくえの下《した》にもぐりこんだかずやくんが、見《み》つけだしました。

「ころげおちたんだね」

「そうね。これ、とってもかるいもの。風《かぜ》でおちたのかもしれないわ。今度《こんど》は、おくのほうにおいてあげましょう」

お姉《ねえ》ちゃんは、ゾウとクマの間《あいだ》をあけて、カッパのかっちゃんをそっとのせました。

「もしかしたら、友《とも》だちがいなくて、さびしかったんだね」

「おかしいわ。こんなにたくさん、友《とも》だちはいるじゃないの」

「でもさ」

かずやくんは、えんぴつで、つくえをトントンとたたきながらいいます。

「ぼくのはこれひとつだろ。だから、さびしいんだよ。ぼく、もうひとつ買《か》ってもらおうかな」

「いやよ。もういっぱいですからね」

お姉《ねえ》ちゃんは、きっぱりことわりました。かずやくんは、首《くび》をちぢめました。

ひとりぼっちのかっちゃん

たなからころげおちていたあいだ、かっちゃんは、『つくえの上小学校《うえしょうがっこう》』を休《やす》みました。

キューピー先生《せんせい》も、生徒《せいと》たちも、心配《しんぱい》しましたが、つくえの下《した》におちたのでは、どうしようもありません。

だから、かっちゃんが、またたなにもどってきたときは、みんながよろこんでくれました。

ところが、かっちゃんには、それがわからなかったのです。

ガラスのリスさんや、せとものクマさんや、それから、いつかくすくすわらった、ぬいぐるみのウサギさんたちも、かっちゃんにはなしかけてくれました。

「きみ、帰《かえ》ってきてよかったね」

「うん」

「いっしょにあそばないか」

「うん」

「こっちへおいでよ。サーカスごっこしよう」

「うん。でも」

「はやくおいでよ」

「うん」

「いやならいいよ」

クマさんなどは、ぷんとおこって、いってしまいます。

かっちゃんも、ほんとはいっしょにいって、サーカスごっこがしたかったのです。

（だけど、サーカスには、カッパなんかいないもの。クマさんや、ゾウさんなら、それに、ウサギも、リスも、いるかもしれないけど、カッパはぜったいいないよ）

そんなことを考《かんが》えて、くよくよしていたのです。かっちゃんは、自分《じぶん》で、自《じ》分《ぶん》のことを、なかまはずれにしていました。

かっちゃんの友《とも》だち

ある日《ひ》、かずやくんは、学校《がっこう》でねんどざいくをしました。そのときかずやくんは、タヌキを作《つく》りました。

あまり上手《じょうず》ではありませんでしたが、それでも、丸《まる》いおなかや、太《ふと》いしっぽを見《み》ると、どうやらタヌキに見《み》えます。

かずやくんは、ねんどのタヌキを、たいせつにうちへもって帰《かえ》りました。お姉《ねえ》ちゃんが、帰《かえ》ってこないうちに、かざりだなへおこうと思《おも》ったのです。

「どこがいいかな。やっぱり、カッパのとなりがいいかな」

かずやくんは、つくえの上《うえ》にあがって、すわりこみました。

ゾウのうしろからカッパをとりだして、タヌキとあいさつさせました。

「ほら、お前《まえ》の友《とも》だちを作《つく》ってやったぞ。なかよくなれ。友《とも》だちになれ」

二《ふた》つの人形《にんぎょう》に、おじぎをさせて、それ

からていねいに、たなのおくへおきました。ゾウとクマのかげです。これならお姉《ねえ》ちゃんにも、なかなか見《み》つからないでしょう。

つくえの前《まえ》で、かずやくんは首《くび》をふりふりしばらくながめていました。そして安心《あんしん》すると、外《そと》へとびだしていってしまいました。

タヌキさんはのんきぼうず

夜《よる》になると、つくえの上《うえ》の学校《がっこう》では、キューピー先生《せんせい》が、また新《あたら》しい友《とも》だちを、みんなに会《あ》わせました。

「今日《きょう》からタヌキくんが、この学校《がっこう》に入《はい》りました。いっしょに勉強《べんきょう》しましょう」

ねんどのタヌキは、キューピー先生《せんせい》のよこに立《た》って、ぺこりと頭《あたま》をさげました。

カッパのかっちゃんは、うしろのほうで、むねをどきどきさせていました。

タヌキさんも、きっと自分《じぶん》と同《おな》じように、はずかしくてこまっているだろうと思《おも》ったからです。

ところがどうでしょう。

タヌキさんは、平気《へいき》な顔《かお》をして、にこにこしているではありませんか。

「おいらは、タヌキだよ。タヌキには見《み》えないかもしれないけど、おいらを作《つく》ったかずやくんは、タヌキだっていってた。だから、やっぱりおいらはタヌキだ。どうぞよろしく」

そういって、またぺこりと頭《あたま》をさげました。言葉《ことば》はらんぼうでしたが、みんなはよろこんで、パチパチと手《て》をたたきました。

カッパのかっちゃんは、びっくりして、タヌキさんを見《み》ていました。うらやましくてたまりませんでした。

「では、タヌキくんは、カッパくんのとなりにすわってください」

キューピー先生《せんせい》がいいました。

「はあい」

タヌキさんは、太《ふと》いしっぽをふりふり、かっちゃんのよこへきました。

「やあ、カッパくん。なかよくしようぜ」

「う、うん」

カッパのかっちゃんは、いきなりはなしかけられて、どぎまぎしました。

「おいら、勉強《べんきょう》より、べんとうのほうが、すきさ」

「そ、そうかい」

「きみは、べんとうより、勉強《べんきょう》のほうが、すきかい」

「う、うん」

かっちゃんは、いつものように、はずかしくなって、下《した》をむいてしまいました。

「本物《ほんもの》の学校《がっこう》じゃ、給食《きゅうしょく》があるんだぜ。『つくえの上小学校《うえしょうがっこう》』には、給食《きゅうしょく》はないのかい」

「そんなのないよ」

「なんだ、つまらない」

タヌキさんは、もともと、かずやくんの学校《がっこう》のねんどで作《つく》ってあります。だから学校《がっこう》のことも、よく知《し》っているのです。

うんどう会《かい》の話《はなし》

かずやくんの学校《がっこう》では、うんどう会《かい》が、近《ちか》づいてきました。かずやくんも、お姉《ねえ》ちゃんも、学校《がっこう》では毎日《まいにち》うんどう会《かい》のれんしゅうをしています。

「お姉《ねえ》ちゃん、ぼく、リレーのせんしゅになったよ」

大《おお》きな古《ふる》いつくえにむかっていたかずやくんは、あとから帰《かえ》ってきたお姉《ねえ》ちゃんを見《み》ると、すぐにいいました。

「ふうん」

お姉《ねえ》ちゃんは、ちょっと首《くび》をかしげました。

「ぼくね、一年《いちねん》の白組《しろぐみ》のせんしゅなんだ。ぼく、はやいんだぞ」

「ふうん。そうすると、こまっちゃうな」

「なんでさ」

「だって、あたしは、赤組《あかぐみ》だもん。かずやもおうえんしたいし、赤組《あかぐみ》もおうえんしたいし、こまっちゃうでしょ」

「ぼくをおうえんしてよ。お母《かあ》さんは、おうえんしてくれるっていったよ」

「どうしよう」

お姉《ねえ》ちゃんは、わざとかずやくんをからかっています。

「かずや負《ま》けろ、赤組《あかぐみ》勝《か》て勝《か》てって、おうえんしようかな」

「ちえっ。負《ま》けるもんか」

かずやくんは、口《くち》をとがらせました。

「ぼく、れんしゅうしてこようっと」

そういって、走《はし》りだすかっこうをします。

「ようい、ドン」

自分《じぶん》で合図《あいず》をして、げんかんへ走《はし》っていきました。お姉《ねえ》ちゃんは、にこにこして見《み》ていました。

つくえの上《うえ》のうんどう会《かい》

『つくえの上小学校《うえしょうがっこう》』でも、うんどう会《かい》をすることになりました。

キューピー先生《せんせい》は、みんなをつくえのすみにならばせました。

「三《みっ》つの組《くみ》にわかれてください。ここから、あっちのはしの、えんぴつ立《た》てをまわって、ここまでかけっこです。一番《いちばん》はやいものが、この学校《がっこう》のせんしゅです」

がやがやわいわい、みんな大《おお》よろこびです。

「かけっこなら、ぼくが一番《いちばん》だよ」

キリンが、トントンと、足《あし》ぶみをしながらいいました。

「あたしよ。かけっこなら負《ま》けないわ」

ぬいぐるみのウサギさんたちは、ぴょんぴょん、とびあがっていいました。

「かけっこは、どうもだめだな。水《みず》の中《なか》なら一番《いちばん》だがね」

ゆかいなワニさんが、そんなことをいっています。

カッパのかっちゃんだけは、みんなのうしろで、ぶるぶるふるえていました。

(ぼくは負《ま》けるんだ。一番《いちばん》びりになるのにきまってる。かけっこなんかいやだ

なあ)

そう思《おも》っているのです。するととなりで、タヌキさんがいいました。

「元気《げんき》だせ。おいらたち、いっしょの組《くみ》だぜ。おいらとお前《まえ》とどっちがはやいかな」

「ぼく、知《し》らないよ」

「きっと、お前《まえ》のほうがはやいな。おいらは、こんなに太《ふと》っているだろ。おまけに、おもいねんどでできているからな。お前《まえ》はセルロイドでかるいから、一生《いっしょう》けんめいやれば、一等《いっとう》か二等《にとう》だな」

「そんなこと、わからないよ」

カッパのかっちゃんは、もがもが返事《へんじ》をしました。でも、ほんのちょっぴりだけ、もしかしたら、タヌキさんのいうとおりかもしれない、と思《おも》いました。

「ねえ、タヌキさん」

カッパのかっちゃんは、そっときいてみました。

「あのう、ぼく、セルロイドだから、かるくて、はやく走《はし》れるかしら」

「そうさあ」

「ふうん」

カッパのかっちゃんも、すこし元気《げんき》になりました。

「それなら、ぼく、思《おも》いっきり走《はし》ってみようかな」

「うん。やってみな。おいらは、びりでも、さいごまで走《はし》るつもりだぜ」

タヌキさんはそういって、ぽんと、カッパのかっちゃんの背中《せなか》をたたきました。

ゆかいなかけっこ

「ようい、ドン」

いよいよかけっこがはじまりました。

キューピー先生《せんせい》が合図《あいず》をすると、ウサギさんや、キリンさんや、ネズミさんたちが、つくえの上《うえ》をとことこと走《はし》ります。

一組《いちくみ》の一等《いっとう》は、やっぱりキリンさんでした。

二等《にとう》と三等《さんとう》は、ウサギさんでした。ネズミさんたちは、みんなごちゃごちゃになって四等《よんとう》になりました。

そのつぎの二組《にくみ》は、ワニさんと、クマさんと、クジャクさんと、ニワトリさんと、イヌさんたちです。

「ようい、ドン」

みんなが、一生《いっしょう》けんめい走《はし》りました。

イヌさんがはやいようです。ところが、途中《とちゅう》でクジャクさんが、羽《はね》をつかって、一番前《いちばんまえ》にでました。

「ずるいや、ずるいや」

みんなは、わあわあいいました。

「ごめんごめん。夢中《むちゅう》になって、うっかりしたんだ。走《はし》るのは、苦手《にがて》なもんでね」

クジャクさんも、いそいであやまりました。ニワトリさんは、ハーハーいきをしながらいいました。

「あたしなんか、同《おな》じ鳥《とり》でも、とべないんだから、あんなことしないわ。でも、かけっこは、とてもだめね」

「そうすると、一等《いっとう》も二等《にとう》も三等《さんとう》も、みんなイヌくんだ」

キューピー先生《せんせい》がいいました。

みんな友《とも》だち

さいごの三組《さんくみ》は、タヌキさんとリスさんたちと、ゾウさんと、シカさんと、ブタさんと、それからカッパのかっちゃんです。

「ようい、ドン」

カッパのかっちゃんは、夢中《むちゅう》で走《はし》りました。右《みぎ》にならんでいるのは、ゾウさんです。前《まえ》を走《はし》っているのは、シカさんです。かっちゃんは、シカさんをおいかけました。

「がんばれ、がんばれ」

キューピー先生《せんせい》の声《こえ》がします。でも、かっちゃんの耳《みみ》には、きこえません。シカさんのつぎに、えんぴつ立《た》てをまわりました。

そのとき、かっちゃんは、いきおいがつきすぎて、もうすこしで、つくえからとびだしそうになりました。

あっという間《ま》に、あとからきたゾウさんの、長《なが》いはながのびて、かっちゃんをくるくるっとまきあげました。

「おっとどっこい」

ゾウさんは、ドシンドシンと走《はし》りながら、かっちゃんを、自分《じぶん》の前《まえ》におろしました。

「ありがとう」

かっちゃんは、ゾウさんとならんで走《はし》りながら、おれいをいいました。

「わあい」

ドリル

みんなはそれを見《み》て、大《おお》よろこびで手《て》をたたきました。

「すごいぞ。ゾウさんとカッパさんは、サーカスみたいだぞ」

クマさんなどは、うれしくなってさけんでいます。

「一等《いっとう》は、シカくん。二等《にとう》は、カッパくん。三等《さんとう》は、ゾウくん」

キユーピー先生《せんせい》も、にこにこしていました。

二等《にとう》になったかっちゃんも、むねがふくらむような気《き》がしました。タヌキさんのいうとおり、一生《いっしょう》けんめいやってよかった、と思《おも》ったのです。

そのタヌキさんは、どうでしょう。

どたどたどた。

タヌキさんは、足《あし》のおそいブタさんよりも、もっとうしろのほうを走《はし》っています。まるで、歩《ある》いているようです。

「がんばれがんばれ。タヌキさん、がんばれ」

今度《こんど》は、みんながタヌキさんをおうえんしました。カッパのかっちゃんも、いっしょにおうえんしました。タヌキさんは、頭《あたま》をふりふり、やっと走《はし》りこんできました。

パチパチパチ。

またみんなは、手《て》をたたきました。『つくえの上小学校《うえしょうがっこう》』は、よい友《とも》だちばかりでした。

つくえの上《うえ》のかざりだな

つくえの上《うえ》のお話《はなし》は、これでおしまいです。

いまでも、古《ふる》い大《おお》きなつくえの上《うえ》には、

かざりだながあって、そこには、たくさんのかわいい小《ちい》さな人形《にんぎょう》が、かざってあります。

かずやくんのカッパのかっちゃんも、ねんどのタヌキも、やっぱり、かざってあります。

お姉《ねえ》ちゃんは、まだタヌキの人形《にんぎょう》に、気《き》がついていません。けれども、お母《かあ》さんは、とっくに知《し》っています。そうじをしたとき、見《み》つけたのです。

でも、お母《かあ》さんは、『テスト』などしないで、そのまま、たなにもどしておいてくれました。お母《かあ》さんには、かずやくんの作《つく》ったものだというのが、すぐにわかったからです。

あとがき

話の話 ——その一——

佐藤さとる

自分の書いた幼年童話を、一気に読みなおしてみて、いろいろなことを思いました。ほとんど忘れていた話もあれば、これを書いたのは夏だった、などと、とり組んでいた季節まで、はっきり思いだす話もありました。そこで、それぞれの話にからむ話、つまり「話の話」を、すこし書いてみようと思います。

＊

『あっちゃんのよんだ雨』

これはむかし、父方の祖母から聞いたことがもとになっています。祖母は岐阜の出ですが、娘のころ学問が好きで、寺子屋（まだ小学校ができていない時代のことです）に五年も通ったというのが自慢でした。しまいには幼い子たちに教える先生になったそうです。その祖母があるとき、「スズメが集まってさわぐと、大風が吹くんじゃ」といいました。なにか実際にそんな出来事があったのかどうか、いまとなってはわかりませんが、この言葉は、私の頭にしみこんだようです。

主人公のあっちゃんが、「どうやって雨を降らせようか」と考えているとき——実は作者の私が考えていたのですが——、この祖母の言葉が浮かびあがってきて、この話ができました。

『タツオの島』

はじめから、こんな話を書こうと考えていたわけではありません。庭の池に島があったらいいな、と思い、島を作る方法を、あれこれひねっていくうちにできた話です。

『さんぽにいこうよ』

これも、幼い子が一人で散歩にいく話を書こうと、まず思いたち、とにかく書いていったところが、こんな話になりました。

前の『タツオの島』もそうですが、私が話を作るときはだいたいそんな作り方になります。書きながら作るというか、書いていくと話が生まれてくる、というか、自分でも不思議です。さきにのべた『あっちゃんのよんだ雨』でも、はじめに祖母の言葉があったわけではなく、書いていくうちに、ふっと思いだしたものです。書かなければ思いだしもしなかったでしょう。

『くるみたろう』

そこへいくと、この話はややちがいます。ほとんどは実際に私の家の庭にあったくるみの木の話で、半分以上は実話です。くるみというのは、とんでもなく大きくなるので、もともと庭木には向かないのです。そのこともあって、いろいろなことが起こり、この話のタネになりました。

『だれが金魚をたすけたか』

これは、私が以前からこころみている「駒割り絵童話」の形式です。この場合の駒というのは、映画のフィルムの一駒（ただしくは「齣」ですが）のような、という意味で、話を一駒ずつの挿絵に合わせて、割って書きます。それで駒割り童話とか駒割り絵童話などといっていますが、ここでは少々略して「コマ絵童話」という名称にしました。

この幼年童話集には、各巻に一つずつ、コマ絵童話がはいります。それぞれの巻でまた触れることにしましょう。

『遠い星から』

幼年ものにはめずらしい、SF童話ふうな雰囲気がありますが、これもはじめから、そういうつもりがあったわけではありません。男の子が、道で鉛筆を拾うところから書いていったら、こんな話ができました。

『りゅうぐうの水がめ』

わりと初期の作品で、わが作ながら奇妙な味があります。ただ、これを幼年童話といっていいかどうか、くびをかしげる向きもあるかと思います。しかし、幼年児にも読めるように配慮をしておけば、じゅうぶん読みこなせるはずです。そんな思惑があって、あえてこの話を加えました。

『タケオくんの電信柱』

ときどき私は、なにかに凝ることがあります。たとえば「水」に凝って、水をテーマに数編の作品を作りました。前の『りゅうぐうの水がめ』なども、そんな一面があります。そして、「電信柱」に凝っていたときがあって、いくつか電信柱の話を書きました。これはその一つです。

『つくえの上のうんどう会』

「机」に凝っていたこともありました。その代表のような作品がこれです。実をいうと、私にとっては、一種の里程標のような意味を持った作品です。その理由は長くなるのではぶきますが、それだけ思い入れのふかい作品でもあります。

（平成十五年九月）

【底本および初出誌一覧】

あっちゃんのよんだ雨…………『あっちゃんのよんだ雨』（偕成社 一九七八年）

タツオの島…………『タツオのしま』（講談社 一九七二年）

さんぽにいこうよ…………『さんぽにいこうよ』（偕成社 一九七九年）

くるみたろう…………『くるみたろう』（小峰書店 一九七四年）

だれが金魚をたすけたか…………「鬼ヶ島通信」18号（鬼ヶ島通信社 一九九一年）

遠い星から…………『とおいほしから』（大日本図書 一九八二年）

りゅうぐうの水がめ…………「ディズニーの国」（リーダーズダイジェスト社 一九六二年）

タケオくんの電信柱…………「母の友」8月号（福音館書店 一九六九年）

つくえの上のうんどう会…………『つくえのうえのうんどうかい』（小峰書店 一九八三年）

佐藤さとる

1928年、神奈川県生まれ。

『だれも知らない小さな国』刊行以来、ファンタジーの第一人者として活躍。

1959年、『だれも知らない小さな国』(講談社)で毎日出版文化賞など受賞。

1966年、『おばあさんのひこうき』(小峰書店)で野間児童文芸賞など受賞。

1988年、一連の創作活動に対し、巖谷小波文芸賞受賞。

「コロボックルシリーズ」(講談社)、「赤んぼ大将シリーズ」(あかね書房)、

『随筆集　だれも知らない小さな話』(偕成社)など著書多数。

岡本 順

1962年、愛知県生まれ。

挿絵に『ふしぎなあの子』(作・佐藤さとる)、『ざしきわらし一郎太の修学旅行』(作・柏葉幸子/以上あかね書房)、絵本に『ぼくのくるま』(ポプラ社)、『ポール』(佼成出版社)などの作品がある。

かわかみ たかこ

1967年、東京都生まれ。

挿絵に『てんぐちゃん』(作・もりやま みやこ/理論社)、絵本に『たまちゃんのすてきなかさ』(偕成社)、『ひかりのつぶちゃん』(ビリケン出版)などの作品がある。

しんしょう けん

1965年、神奈川県生まれ。

挿絵に『赤んぼ大将さようなら』(作・佐藤さとる/あかね書房)、絵本に『うさぎのゆきだるま』(文・佐藤さとる/にっけん教育出版社)などの作品がある。

田中清代

1972年、神奈川県生まれ。

挿絵に『どんぐり、あつまれ!』(作・佐藤さとる/あかね書房)、『海辺のおはなし』(作・松居スーザン/ポプラ社)、絵本に『おきにいり』(ひさかたチャイルド)などの作品がある。

佐藤さとる幼年童話自選集 1　遠い星から

2003年9月 初版第1刷　2014年4月 第4刷

著　者　佐藤さとる
画　家　岡本 順/かわかみ たかこ/しんしょう けん/田中清代
発行所　ゴブリン書房　〒180-0006 東京都武蔵野市中町3-10-10-218 電話 0422-50-0156
印刷所　精興社

Texts©Sato Satoru
Illustrations©Okamoto Jun/Kawakami Takako/Shinsho Ken/Tanaka Kiyo

2003 Printed in Japan ISBN978-4-902257-00-7 C8393
200p 203×152mm NDC913

佐藤さとる幼年童話自選集 全4巻

1 遠い星から

収録作品 あっちゃんのよんだ雨／タツオの島／さんぽにいこうよ／くるみたろう／【コマ絵童話】だれが金魚をたすけたか／遠い星から／りゅうぐうの水がめ／タケオくんの電信柱／つくえの上のうんどう会
——**さし絵** 岡本 順／かわかみ たかこ／しんしょう けん／田中清代

2 ポケットだらけの服

収録作品 ポケットだらけの服／こおろぎとおきゃくさま／魔法のチョッキ／どんぐりたろう／【コマ絵童話】ゆびわはどこへいった／じゃんけんねこ／えんぴつ太郎のぼうけん／カッパと三日月／おばけのチミとセンタクバサミ
——**さし絵** 岡本 順／しんしょう けん／田中清代／どい かや

3 百番目のぞうがくる

収録作品 かえるのアパート／カラッポの話／四角い虫の話／マコトくんとふしぎなイス／【コマ絵童話】かわいそうなまいご／いじめっ子が二人／友だち／ねこのぼんおどり／百番目のぞうがくる
——**さし絵** かわかみ たかこ／しんしょう けん／田中清代／どい かや

4 ぼくのおばけ

収録作品 おしゃべりゆわかし／きつね三吉／ぼくのつくえはぼくの国／ふしぎなふしぎな長ぐつ／【コマ絵童話】とりかえっこしてみたら／たっちゃんと電信柱／ポストの話／ぼくのおばけ
——**さし絵** 岡本 順／かわかみ たかこ／しんしょう けん／どい かや